A MAP of NARNIA and adjoining LANDS

LANTERN WASTE

Miraz his Castle
Beaversdam

GREAT

WIL

NARN

RIVER

Aslan's How

Dancing Lawn

Trufflehunters Cave

Bulgy Bears Home

ARCHENLAND

纳尼亚传奇
The Chronicles of
NARNIA
V

"黎明踏浪"号

〔英〕C.S. 刘易斯 著

马爱农 译

人民文学出版社

图书在版编目（CIP）数据

纳尼亚传奇.5，"黎明踏浪"号/（英）C.S.刘易斯著；马爱农译.—北京：人民文学出版社，2023（2025.6重印）
ISBN 978-7-02-018280-0

Ⅰ.①纳… Ⅱ.①C…②马… Ⅲ.①儿童小说-长篇小说-英国-现代 Ⅳ.①I561.84

中国国家版本馆CIP数据核字(2023)第186145号

责任编辑　翟　灿
装帧设计　刘　远
责任印制　王重艺

主要角色表

尤斯塔斯	全名尤斯塔斯·克拉伦斯·斯克罗布，佩文西家四兄妹自私、懦弱的表弟，无意中与埃德蒙和露西一起被拉进了纳尼亚的"黎明踏浪"号航船，在龙岛曾中魔法被变成一条龙，获救后，成了一个诚实、勇敢的男孩
埃德蒙·佩文西	佩文西家第三个孩子，纳尼亚王国的正义国王
露西·佩文西	佩文西家第四个孩子，纳尼亚王国的勇敢女王
凯斯宾	纳尼亚少年国王，指挥"黎明踏浪"号

纳尼亚传奇

远航寻找被当年篡夺王位的叔叔米拉兹驱逐的七位纳尼亚勋爵

德里宁	"黎明踏浪"号船长,凯斯宾国王的密友
特鲁普金	一个忠诚、勇敢的矮人,凯斯宾远航期间,被任命为纳尼亚摄政大臣
雷普奇普	一只机智的、酷爱冒险的老鼠领袖,有着无人能够超越的骑士精神、勇气和剑法,自命是凯斯宾国王的忠实仆人,纳尼亚最英勇的骑士
冈帕斯	孤独群岛胆小怕事的总督
普格	孤独群岛的奴隶贩子
科里亚金	声音岛的魔法大师
拉曼杜	拉曼杜岛的主人,在这次航行结束的时候,他美丽的女儿成为凯斯宾国王的王后
阿斯兰	一头伟大的狮子。森林之王,海外帝王之子,来去自由。他的使命是推翻女巫的统治,拯救纳尼亚王国。阿斯兰在七部书中均有出现

目 录

第 1 章　卧室里的画 ·········1
第 2 章　"黎明踏浪"号 ·······17
第 3 章　孤独群岛 ·········35
第 4 章　凯斯宾在那里做了什么 ····50
第 5 章　风暴及其带来的后果 ····65
第 6 章　尤斯塔斯的奇遇 ······81
第 7 章　尤斯塔斯脱险 ·······98
第 8 章　两次死里逃生 ······114
第 9 章　声音岛 ·········132
第10章　魔法师的书 ·······148

第11章 笨脚怪高兴了 · · · · · · · · 164

第12章 黑暗岛 · · · · · · · · 180

第13章 三个沉睡的人 · · · · · · · · 195

第14章 世界尽头的起点 · · · · · · · · 210

第15章 尽头海的奇观 · · · · · · · · 225

第16章 世界尽头 · · · · · · · · 240

第1章 卧室里的画

有个男孩叫尤斯塔斯·克拉伦斯·斯克罗布,他差不多也应该叫这个名字。他的爸爸妈妈叫他尤斯塔斯·克拉伦斯,老师们叫他斯克罗布。我不知道他的朋友们怎么跟他说话,因为他一个朋友也没有。他不称呼父母"爸爸"和"妈妈",而是叫他们哈罗德和艾伯塔。他们都是非常现代和新式的人。他们吃素,不抽烟,不喝酒,穿与众不同的内衣。他们家里家具很少,床上的被褥也很少,窗户总是开着。

尤斯塔斯·克拉伦斯喜欢动物,特别是甲虫,他喜欢死后被钉在卡片上的甲虫。他也喜欢书,喜欢知识类的、带图画的书,那些图画上有谷物升降机,或者胖乎乎的外国孩子在示范学校里锻炼身体。

尤斯塔斯·克拉伦斯不喜欢他的几个表哥表姐——佩文西家的彼得、苏珊、埃德蒙和露西。不过，当他听说埃德蒙和露西要来他家里小住时，他还是很高兴的。因为在他内心深处，他喜欢发号施令，欺负别人。他个头矮小，打起架来连露西都打不过，更不用说埃德蒙了，但是他知道：如果你是在自己家，而别人只是来做客的，那么你可以有几十种办法让他们难受。

埃德蒙和露西打心眼里不想去哈罗德舅舅和艾伯塔舅妈家做客，可是实在没办法。那年夏天，爸爸得到了一份工作，要去美国讲学十六个星期，妈妈也要一起去，因为她已经十年没有好好休过假了。彼得正在用功地准备考试，年迈的柯克教授会在假期里给他辅导功课。很久以前，在战争年代，四个孩子曾在柯克教授家经历过一段奇妙的冒险。如果教授还住在那座房子里，肯定会邀请他们都过去住的。可是不知为什么，自从那段时间之后，他就变得很穷，目前住在一座小木屋里，只有一间多余的卧室。苏珊已经去了美国，而要把另外三个孩

子都带去，那花的钱就太多了。

大人们认为，苏珊是家里最漂亮的孩子，而且功课不好（从其他方面来说，她的岁数已经不小了）。妈妈说，她"到美国去一趟，会比弟弟妹妹收获更大"。埃德蒙和露西尽量不去嫉妒苏珊的好运气，可是不得不在舅妈家里过暑假，实在太可怕了。"我就更惨了，"埃德蒙说，"你至少还有自己的房间，我只能跟那个超级讨厌的尤斯塔斯合住一个房间。"

故事是从一个下午开始的，当时，埃德蒙和露西在一起，单独待了宝贵的几分钟。当然啦，他们在谈论纳尼亚，那是属于他们自己的秘密王国的名字。我想，大多数人都有一个秘密王国，但是对大多数人来说，那只是一个想象中的国度。埃德蒙和露西在这方面比别人幸运多了。他们的秘密王国是真实存在的。他们已经去过两次了，不是假装演戏，也不是做梦，而是在现实中。当然啦，他们是靠魔法去的，魔法是到达纳尼亚的唯一途径。他们在纳尼亚时，曾经许下一个心愿，或者几乎可以说是一个承诺，他们说，总有一天还会回去。所以，

纳尼亚传奇

你可以想象,他们一逮到机会就大谈特谈纳尼亚。

当时,他们是在露西的房间里,坐在床沿上,看着对面墙上的一幅画。在这个家里,这是他们唯一喜欢的一幅画。艾伯塔舅妈一点也不喜欢它(所以才把它挂在楼上的这个小房间里),但又没法把它扔掉,因为这是一个她不愿意得罪的人送给她的结婚礼物。

画上是一条船——一条正在朝你驶来的船。船头是镀金的,形状像一个大张着嘴的龙头。船上只有一根桅杆和一面巨大的方形帆,帆是富丽堂皇的紫色。船的两

侧——你能看到的是镀金龙翅膀的末梢——是绿色的。船刚驶到一片辉煌的蓝色波浪的波峰上，波浪斜斜地向你劈下来，上面带着波纹和气泡。船显然正在顺风疾驶，稍稍往左舷倾斜了一点。（顺便说一下，如果你打算读这个故事，如果你以前不知道这些知识，那么你最好记住，当你目视前方时，船的左边是左舷，右边是右舷。）所有的阳光都从左边照在船身上，那一边的海面是绿色和紫色的，而另一边则是船的阴影造成的深蓝色。

"问题是，"埃德蒙说，"眼巴巴地看着一条纳尼亚的船，自己却不能去那儿，这会不会更让人难受呢？"

"有东西看总比什么也没有强，"露西说，"而且，这是一条真正的纳尼亚的船。"

"还在玩你们的老游戏吗？"尤斯塔斯·克拉伦斯说。他刚才一直在门外偷听，这会儿，他笑嘻嘻地走进房间。去年，他住在佩文西家的时候，想方设法偷听到他们几个在谈论纳尼亚，后来就喜欢拿这事儿取笑他们。他当然认为这都是他们编出来的。他自己太笨了，什么也编不出来，就对这件事很不以为然。

"这里不需要你。"埃德蒙没好气地说。

"我在想一首打油诗。"尤斯塔斯说,"差不多是这样的:

几个小屁孩儿,

玩个游戏叫纳尼亚,

性格越变越古怪……"

"首先,'纳尼亚'和'古怪'根本就不押韵。"露西说。

"这是一首谐音诗。"尤斯塔斯说。

"别问他谐音诗是什么意思。"埃德蒙说,"他就巴不得有人问他呢。什么也别说,他也许就会没趣地走了。"

大多数男孩碰了这样的钉子,要么转身离开,要么勃然大怒,尤斯塔斯却两样都没有。他只是笑嘻嘻地待着不走,不一会儿,又开始说话了。

"你们喜欢那幅画吗?"他问。

"看在老天的分儿上,别让他谈论艺术之类的话题。"埃德蒙急忙说。可是露西非常诚实,她的话已经说出了口:"我非常喜欢。"

"这幅画烂透了。"尤斯塔斯说。

"你走出去就看不到它了。"埃德蒙说。

"你为什么喜欢它?"尤斯塔斯问露西。

"嗯,首先,"露西说,"我喜欢它,是因为这条船看上去好像真的在动,水看上去好像真的是湿的,海浪看上去好像真的在上下起伏。"

当然,尤斯塔斯知道很多答案,但他什么也没说。因为就在那一刻,他看着海浪时,发现它们似乎真的在上下起伏。他只坐过一次船(而且只坐到怀特岛),当时

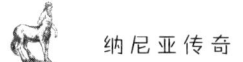

晕船晕得特别厉害。此刻，看到画上的海浪，他又有点想吐了。他脸色发青，想再看一眼。顿时，三个孩子都张大了嘴，目瞪口呆。

当你在报纸上读到他们目睹的情形时，可能很难相信。即使你亲眼看到这一幕发生，恐怕也同样难以相信，而且，这也不像是在看电影，那些色彩太真实，太清澈，太像在户外了。船头向下，冲进海浪，一大片水花向上溅起；接着，巨浪在船身后面卷起，船尾和甲板第一次变得清晰可见；而当下一个巨浪打来，船头又升起来的时候，船尾和甲板又消失了。与此同时，本来放在埃德蒙身边床上的一个练习本竟然扑啦啦地飞了起来，飘到他身后的墙上，露西觉得自己的头发被吹起，在脸上乱甩，好像这是一个大风天似的。这确实是一个大风天，然而，风是从画中向他们刮来的。突然，风中传来了各种声音——海浪的呼啸声，海水拍打船舷的啪啪声，还有嘎吱嘎吱的声音，以及空气和海水发出的震耳欲聋的咆哮声。然而，让露西相信自己不是在做梦的是那股气味儿，那股充满野性的海腥味儿。

"停。"尤斯塔斯说,他的声音因为害怕和暴躁变得尖厉刺耳,"一定是你们俩在搞什么鬼。快停下。我要告诉艾伯塔——哎哟!"

另外两个人对冒险经历比较习以为常,可是就在尤斯塔斯发出"哎哟"声时,他们俩也叫了声"哎哟"。因为一大片咸咸的、冷冰冰的水花从画框里溅了出来,拍得他们喘不过气,而且全身都湿透了。

"我要砸烂这破玩意儿。"尤斯塔斯叫道。接下来,同时发生了好几件事。尤斯塔斯冲向那幅画。埃德蒙懂得一点魔法,他跳起来去追尤斯塔斯,警告他小心点,不要做傻事。露西从另一边抓住他,也被拖拽着往前走。这时,不知是他们变小了,还是那幅画突然变大了。尤斯塔斯一跃而起,想把画从墙上扯下来,却发现自己站在了画框上。他的面前不是玻璃,而是真实的大海,风和海浪撞击着画框,就像撞击着礁石一样。他一下子失去理智,抓住了跳到他身边的另外两个人。三个人挣扎喊叫了一秒钟,就在他们以为站稳了脚跟的时候,一个蓝色的滔天巨浪翻滚而来,打得他们失去平衡,跌入了海里。尤斯塔斯绝望地大叫，但海水灌进了嘴里，他的叫声戛然而止。

露西庆幸自己去年夏天学习游泳时很努力。当然，如果游得慢一些，她会游得更漂亮，而且，没想到海水比画面上的冷得多。不过，她还是保持着清醒，踢掉了鞋子——每个穿着衣服掉进深水里的人都应该这么做。她甚至闭着嘴巴，睁开了眼睛。他们仍然离船很近。露西看到高高耸立在他们旁边的绿色船帮，有人正从甲板上看着她。接着——可以预料——尤斯塔斯惊慌地一把抓住她，两人同时沉了下去。

当他们再次浮出水面时，露西看见一个白色的身影从船上跳入水中。埃德蒙此刻来到她身边，踩着水，抓住大声哀号的尤斯塔斯的胳膊。接着，另一个人伸出胳膊，从另一边托住了露西。那人的脸好像有点眼熟。船上传来一片叫嚷声，船舷上聚集着许多脑袋，一根根绳索被扔了下来。埃德蒙和那个陌生人用绳子把露西绑住。在那之后，似乎耽搁了很长时间，露西脸色发青，牙齿开始打战。实际上并没有耽搁多久，他们在等着把她安

全地抬上船，以免她被撞到船舷上。虽然他们尽了最大的努力，可是当露西终于站在甲板上时，膝盖还是被磕青了。她浑身湿淋淋的，瑟瑟发抖。接着，埃德蒙也被抬了上来，然后是可怜的尤斯塔斯。最后是那个陌生人——一个比她大几岁的金发男孩。

"凯——凯——凯斯宾！"露西刚缓过气来，就结结巴巴地说。果然是凯斯宾！凯斯宾是纳尼亚的少年国王。他们上次去纳尼亚时，曾帮助他登上了王位。埃德蒙也很快认出了他。三个人握了握手，兴高采烈地互相拍着后背。

"你们的这位朋友是谁呀？"凯斯宾几乎立刻就问道。他脸上带着愉快的笑容，转向尤斯塔斯。可是尤斯塔斯哭得太厉害了——像他这么大的男孩，只是身上被弄湿了就哭得这样厉害，太不应该了——他只顾着大声嚷嚷："放我走。放我们回去。我不喜欢这样。"

"放你走？"凯斯宾问，"可是你要去哪儿呢？"

尤斯塔斯冲到船边，似乎以为能看到画框就挂在大海上方，也许还能看到一眼露西的卧室。但他看到的是泛着泡沫的蓝色海浪和淡蓝色的天空，大海和天空都一直延伸到地平线。也许他的心沉了下去，但我们不能怪他。他很快就开始呕吐。

"嘿！赖尼夫。"凯斯宾对一个水手说，"请给两位陛下拿一些香酒来。浸过水之后，需要喝点东西暖和暖和。"他称埃德蒙和露西为"陛下"，因为在凯斯宾之前很久，他们俩和彼得、苏珊曾经是纳尼亚的国王和女王。纳尼亚的时间和我们的不一样。你在纳尼亚过了哪怕一百年，回到我们的世界时，也依然是你离开的那一天、那一个时辰。反过来，如果你在我们这里待了一个星期，再回到纳尼亚时，会发现纳尼亚已经过去了一千年，或只是一天，或根本没有变化。你只有到了那儿才会知道。因此，当佩文西家的孩子们上次，也就是第二次回到纳尼亚时，（对纳尼亚人来说）就好像亚瑟王回到了英国。有人说亚瑟王会回来，我觉得越快越好。

赖尼夫回来了，端着一壶热气腾腾的香酒和四个银杯。这正是露西和埃德蒙想要的，他们慢慢地喝着，感到一股暖流一下子涌到了脚趾。可是尤斯塔斯却不停地

做鬼脸，气急败坏，吐了又吐。他又哭了起来，问他们有没有丰树牌的维生素营养食物，能不能用蒸馏水来烹煮，而且不管怎样，他坚持要他们在下一站把他送到岸上。

"兄弟，你真是给我们带来了一位快乐的伙伴啊。"凯斯宾笑着，轻声对埃德蒙说。可是他还没来得及再说什么，尤斯塔斯就又爆发了。

"哦！呸！这是什么破玩意儿！把它弄走，这恶心的东西。"

这次，他感到有点吃惊倒是情有可原。确实有一个非常奇怪的东西从船尾的舱房里跑了出来，正慢慢地向他们靠近。你可以称它为老鼠——它也的确是一只老鼠。但这只老鼠用两条后腿站立，大约有两英尺那么高。它的头上缠着一根细细的金箍，一边在耳朵下面，另一边在耳朵上面，金箍上插着一根长长的深红色羽毛。（因为老鼠的毛色很暗，几乎是黑色的，所以效果十分醒目。）它的左爪放在剑柄上，那把剑几乎和它的尾巴一样长。它昂首挺胸地走在摇晃的甲板上，脚步非常稳当，举止优雅。露西和埃德蒙一眼就认出来,他是鼠王雷普奇普,是纳尼亚会说话的动物中最勇敢的一位。他在第二次贝鲁纳战役中赢得了不朽的荣誉。露西像往常一样,渴望把雷普奇普抱在怀里,好好地爱抚一下。可是她心里清楚,这份乐趣她是永远也得不到的,那么做只会深深地得罪他。于是,她单膝跪下和他说话。

雷普奇普伸出左腿,缩回右腿,鞠了一躬,吻了吻露西的手,然后直起身子,捻了捻胡须,尖声尖气地说:

"我向陛下尽忠。还有埃德蒙国王。"(说到这里,他又鞠了一躬。)"这次光荣的冒险旅程,唯一缺少的就是两位陛下的大驾光临。"

"啊,把它弄走。"尤斯塔斯哀叫道,"我讨厌老鼠。我从来都受不了会表演的动物。它们愚蠢,粗俗,而且很会煽情。"

"我是不是应该理解成,"雷普奇普盯着尤斯塔斯看了很久,然后对露西说,"这个极端无礼的人是受到陛下保护的?因为,如果不是——"

这时,露西和埃德蒙不约而同打了个喷嚏。

"我真糊涂，让你们都穿着湿衣服站在这儿。"凯斯宾说，"到下面去，把衣服换了。我当然会把我的舱房让给你，露西，但船上恐怕没有女士的衣服。你只能穿我的衣服凑合一下了。前面带路，雷普奇普，你是个好样的。"

"看在女王的分儿上，"雷普奇普说，"即使事关名誉的问题也必须让位——至少暂时让位——"说到这里，他狠狠地盯着尤斯塔斯。但凯斯宾催促他们快走，几分钟后，露西就发现自己进了船尾的舱门。她顿时就爱上了这里——透过三个方形的窗户，能看到船尾打着漩涡的蓝色海水，桌子的三面都放着带软垫的低矮长凳，头顶上摇晃着一盏银灯（做工那么精致考究，她一眼就看出是矮人的杰作），舱门上方的墙上，是狮子阿斯兰的金色画像。这些都是她一瞥之下看到的，因为凯斯宾立刻就打开了右舷的一扇门，说道："露西，这是你的房间。我拿几件干衣服就走——"他一边说，一边在储物柜里翻找——"你就在这里换衣服。你把湿衣服扔到门外就行了，我会叫人拿到厨房里去烘干。"

露西感觉非常自在，就好像已经在凯斯宾的船舱里待了好几个星期似的。她一点也不担心颠簸，因为她在纳尼亚当女王的时候，曾多次乘船远航。船舱很小，但镶着色彩明亮的彩绘木板（上面画着鸟、兽，还有红色的巨龙和藤蔓），干净得一尘不染。凯斯宾的衣服对她来说太大了，但还能将就。他的皮鞋、布鞋和长筒靴都大得要命，不过，露西愿意光着脚在船上走。穿好衣服后，她望着舷窗外面奔腾而过的海水，深深地吸了一口气。她知道，他们肯定会有一段奇妙的时光。

第2章 "黎明踏浪"号

"啊,你在这儿,露西。"凯斯宾说,"我们正等着你呢。这是我的船长,德里宁勋爵。"

一个黑发男人单膝跪下,亲吻露西的手。在场的只有雷普奇普和埃德蒙。

"尤斯塔斯在哪儿?"露西问。

"在床上呢,"埃德蒙说,"我们拿他没什么办法。如果你想对他好一点,那只会让他变本加厉。"

"而且,"凯斯宾说,"我们几个想谈一谈。"

"哎呀,确实如此。"埃德蒙说,"首先,说说时间吧。按我们的时间算,我们是一年前在你加冕之前离开的。按纳尼亚时间算,有多久了?"

"正好三年。"凯斯宾说。

"一切顺利吗？"埃德蒙问。

"如果不是一切顺利，你以为我会离开自己的国家，出海远航吗？"凯斯宾国王回答道，"好得不能再好。现在，在坦摩族人、矮人、会说话的动物、半羊人和其他人之间，什么麻烦都没有了。去年夏天，我们把边境上那些讨厌的巨人痛打了一顿，现在他们向我们进贡了。我出远门的时候，留下一个非常好的人做摄政大臣，就是那个矮人特鲁普金。你们还记得他吗？"

"亲爱的特鲁普金，"露西说，"我当然记得。他是最合适的人选了。"

"他像獾一样忠诚，女王陛下，像——像老鼠一样勇敢。"德里宁说。他本来想说"像狮子一样勇敢"，但发现雷普奇普正用眼睛盯着自己。

"我们这是要去哪儿？"埃德蒙问。

"嗯，"凯斯宾说，"说来话长。也许你们还记得，在我小的时候，我那篡夺王位的叔叔米拉兹为了除掉我父亲的七位朋友，派他们去未知的领域探险。孤独群岛之外的东部海域。"

"是啊,"露西说,"他们一个都没有回来。"

"没错。后来,在我加冕的那天,在阿斯兰的同意下,我发誓,一旦我在纳尼亚实现了和平,就亲自向东航行一年零一天,去寻找我父亲的那几位朋友,或者打听他们的死讯,如果可能的话,我还要为他们报仇。他们是——雷维廉爵爷、伯恩爵爷、阿尔戈兹爵爷、马弗拉蒙爵爷、奥克特西安爵爷、雷斯蒂玛爵爷,还有——哦,还有一个名字太难记了。"

"是罗普爵爷,陛下。"德里宁说。

"罗普,罗普,没错。"凯斯宾说,"这就是我此行的主要目的。可是这位雷普奇普还有更高的希望。"大家都把目光转向了老鼠。

"我的希望跟我的精神头一样高。"他说,"尽管我的个头小。我们为什么不索性航行到世界的最东端呢?我们会在那里发现什么?我希望能找到阿斯兰的国家。那头伟大的狮子,总是从东方漂洋过海来找我们。"

"哎呀,这倒是个好主意。"埃德蒙用惊叹的语气说。

"可是,"露西说,"你认为阿斯兰的国家会是那种——我的意思是,会是那种乘船就能到达的地方吗?"

"我不知道,小姐。"雷普奇普说,"但是还有一点。当我还在摇篮里的时候,曾有一个森林女仙,一个树精,给我念过这样一首诗:

  在海天交接的地方,
  在海水变得甜美的地方,
  雷普奇普,不要彷徨,
  去发现你寻找的东西吧,
  那就是最遥远的东方。

"我不知道这首诗是什么意思。但它的魔力一直伴随着我。"

沉默了一会儿,露西问道:"凯斯宾,我们现在到哪里了?"

"船长可以说得比我更清楚。"凯斯宾说。于是,德里宁拿出地图,铺在桌上。

"这是我们的位置。"他用手指着地图,说道,"或者今天中午能到达这里。我们从凯尔帕拉维尔出发,一路顺风,稍稍往北,驶向加尔马,并于第二天到达了那里。我们在港口停了一个星期,因为加尔马公爵为陛下举办了一场比武大会,陛下在会上打败了许多骑士——"

"我自己也狠狠地摔了几跤,德里宁。有几处瘀青还没消呢。"凯斯宾插嘴道。

"——打败了许多骑士。"德里宁笑着又说了一遍,"我们原来设想,如果国王陛下娶了公爵的女儿,公爵会很高兴的,可惜好事没成——"

"斜眼,脸上还有雀斑。"凯斯宾说。

"哦,可怜的姑娘。"露西说。

"然后,我们从加尔马起航,"德里宁继续说道,"接下来的两天里基本上都是风平浪静,只好划桨前进。后来又起了风,直到第四天才到达特里宾西亚。那里的国王警告我们不要上岸,因为特里宾西亚正在闹瘟疫。我们绕过海角,停泊在一条远离城市的小河里,加了淡水。我们不得不停了三天,才遇上一股东南风,向七座岛驶去。船开出后第三天，一条海盗船追上我们（从装备看，是特里宾西亚的船），但他们看到我们全副武装，便只朝两边射了几箭，就躲开了——"

"我们应该追上它，登上船去，把那些人统统都绞死。"雷普奇普说。

"——又过了五天，我们终于看到了米尔岛，你们知道，它位于七座岛的最西端。然后，我们划船穿过海峡，在日落时分来到布伦岛的红色港。我们在那里受到了盛情款待，可以尽情地吃吃喝喝。六天前，我们离开了红色港，航行的速度快得出奇，我估计，后天就能看到孤独群岛了。这样算起来，我们已经在海上航行了将近三十天，离开纳尼亚有一千二百多海里了。"

"到了孤独群岛之后呢？"露西问。

"没人知道，陛下。"德里宁回答，"除非孤独群岛的人能告诉我们。"

"在我们那个年代，他们没法告诉我们。"埃德蒙说。

"那么，"雷普奇普说，"要等过了孤独群岛，探险才算真正开始。"

凯斯宾建议他们，吃晚饭前先在船上到处看看，可是露西感到有点良心不安，她说："我觉得我真的必须去看看尤斯塔斯。你知道，晕船是特别难受的。如果我身上带着以前的药酒，就能把他给治好了。"

"药酒在这里呢。"凯斯宾说，"你不说我还忘记了。当初你没有带走药酒，我想这可以算是王室的一件宝贝，就把它带来了——如果你觉得应该把它浪费在晕船这种小事上，就随你的便吧。"

"只需要一小滴。"露西说。

凯斯宾打开长凳下的一个柜子，拿出露西记忆犹新的那个漂亮的钻石小瓶。"拿回你自己的东西吧，女王。"他说。然后，他们离开船舱，来到阳光下。

甲板上有两个又大又长的舱口，分别在桅杆的前后。两个舱口都敞开着，每逢天气好的时候都是这样，好让光线和空气灌进船的腹部。凯斯宾领他们走下一道梯子，进入后舱口。他们发现这里的两边都有划桨用的长凳，光线从桨孔照进来，在舱顶上跳动。当然啦，凯斯宾的船不是那种由奴隶划桨的恐怖大帆船。这里的船桨，只在没有风或进出港口时才使用，而且每个人（除了腿太短的雷普奇普）都要轮流划桨。在船的两侧和长凳下面都留出了空间，供划船的人放脚，但是船的正中间有一个凹槽，一直通到下面的龙骨那儿，里面装满了各种各样的物资——一袋袋面粉、一桶桶淡水和啤酒、一桶桶猪肉、一罐罐蜂蜜，还有装葡萄酒的皮袋子、苹果、坚果、奶酪、饼干、萝卜和熏肉。顶上——也就是甲板下面——挂着火腿和一串串洋葱，还有值班人员下班后用来躺着休息的吊床。凯斯宾领着他们走过一条又一条长凳，向船尾走去。至少对他来说是走路，对露西来说则是连蹦带跳，而雷普奇普更像是在跳远一样。就这样，他们走到了一块带门的隔板前。凯斯宾打开门，领他们走进一个船舱，这个船舱占据了船尾甲板下面的空间。当然啦，它就没有那么漂亮了。这个船舱的顶部很低，两边都往下倾斜，几乎没有什么地板。有几扇厚厚的玻璃窗，但是不能打开，因为都在水下。事实上，就在这时，随着船的颠簸，窗户一会儿被阳光染成金色，一会儿被海水染成暗淡的绿色。

"你和我只能住在这儿了,埃德蒙。"凯斯宾说,"我们把铺位让给你的亲戚,把吊床留给自己。"

"我恳求陛下——"德里宁说。

"不,不,伙计,"凯斯宾说,"这件事我们已经争论过了。你和赖因斯(赖因斯是大副)得驾驶这条船,许多晚上,当我们唱丰收歌和讲故事的时候,你们都在操心劳作,所以你和他必须住在上面的左舱房里。我和埃德蒙国王在这儿可以躺得舒舒服服。那个陌生人怎么样了?"

尤斯塔斯脸色发青,皱着眉头,问风暴是不是在减

弱。可是凯斯宾说："什么风暴？"德里宁哈哈大笑起来。

"什么风暴呀，少爷！"德里宁吼道，"天气好得不能再好了。"

"那是谁？"尤斯塔斯不耐烦地说，"把他弄走。他的声音吵得我脑仁疼。"

"我给你带了点东西，能让你好受些，尤斯塔斯。"露西说。

"哦，走开，别来烦我。"尤斯塔斯咆哮道。他喝了一滴小瓶里的东西，虽然他说难喝得要命（露西打开小瓶时，船舱里的气味十分香甜）。他吞下药酒几分钟后，脸色明显恢复了正常，他肯定也感觉好受了些，因为他不再哭哭啼啼地抱怨风暴和头疼，而开始要求他们把他送上岸，并说他一到港口就向英国领事馆反映，要对他们所有的人"提出处理"。可是，当雷普奇普问他什么是处理，又该怎么提出时（雷普奇普还以为，这是安排一场决斗的新办法呢），尤斯塔斯只能回答说："你连这个都不知道。"最后，他们总算让尤斯塔斯相信，他们已经在以最快的速度驶向他们所知道的最近一块陆地，而且，他们没有能力再把他送回剑桥——哈罗德舅舅的家——那就跟送他上月球一样难。在这之后，他才闷闷不乐地同意穿上拿给他的干净衣服，到甲板上去。

凯斯宾带他们参观了整条船，其实他们已经看得差不多了。他们登上艏楼，看见瞭望员站在镀金巨龙脖子里的一个小架子上，从张开的龙嘴里往外张望。艏楼里面是厨房，也是水手长、木匠、厨子和弓箭手等人的住处。如果你觉得厨房在船头里面很奇怪，认为烟囱里的烟会往后飘到船身上，那是因为你脑子里想的是蒸汽船，蒸汽船总是逆风行驶的。而在帆船上，风从后面吹来，任何有臭味的东西都会被吹得远远的。他们被带到桅楼上，站在上面来回摇晃，看到下面的甲板变得那么小、那么远，一开始觉得很害怕。你知道，如果不小心掉下去，多半不会掉在船上，而是会落进海里。他们又被带到了艉楼，赖因斯和另一个人在值班掌舵。在船舵的后面，镀金巨龙的尾巴高高翘起，里面有一圈小长凳。这条船的名字叫"黎明踏浪"号。跟我们的船相比，它只是一条不起眼的小船，甚至比不上纳尼亚以前有过的中世纪海船、大型快速帆船、宽身帆船和西班牙大帆船。当年，露西和埃德蒙在至尊王彼得手下统治纳尼亚时，曾经拥有过那些船，而到了凯斯宾祖先的统治时期，几乎所有航海活动都消失了。当凯斯宾的叔叔，那个篡夺王位的米拉兹，打发七位爵爷出海时，他们不得不从加尔马买了一条船，还雇了加尔马的水手。可是现在，凯斯宾又开始教纳尼亚人重新学习航海了，"黎明踏浪"号是他建造的最好的一条船。它真的很小，桅杆前的中央舱口的一边是船载快艇，另一边是鸡窝（露西负责喂鸡），中间几乎没有什么甲板空间。然而，它是同类中的精品，用水手们的话说，是一位"贵妇人"，线条十分完美，色彩纯正，每一根桅杆、每一根缆绳和每一根钢钉都做得很精致。尤斯塔斯当然是对什么都不满意，他不停地吹嘘着大轮船、摩托艇、飞机和潜艇。（"就好像他什么都知道似的。"埃德蒙咕哝道。）但另外两个孩子却对"黎明踏浪"号很满意，当他们返回船尾舱吃晚餐时，看到西边的整个天空都被辉煌的深红色夕阳照亮了。他们感受着船的颠簸，品尝着海盐的味道。一想到要去探索世界最东端的未知领域,露西便高兴得几乎说不出话来。

　　至于尤斯塔斯的想法,最好还是用他自己的话说出来吧,因为第二天早上,当大家拿回自己烘干的衣服时,他立刻掏出一个黑色小本子和一支铅笔,开始写日记。他总是随身带着这个本子,把自己的成绩记在上面。他虽然对任何一门功课都不怎么感兴趣,对分数却非常关心,甚至还去找别人问:"我得了这么多分。你得了多少分?"但他在"黎明踏浪"号上似乎不可能拿到多少分,于是开始写日记。第一篇日记是这样的:

　　　　八月七日。如果不是做梦的话,我在这条恐怖的船上已经待了二十四个小时。可怕的风暴一直在肆虐(幸好我没有晕船),滔天的巨浪不断地打向船头,我无数次看到船几乎被淹没。其他人都假装没注意到,要么是为了逞强,要么就是像哈罗德说的,普通人做的最胆怯的事情之一,就是对事实视而不见。乘着这样一条小破船出海真是疯了。它比救生艇大不了多少。当然,船舱也是简陋到了极点,没有像样的客厅,没有收音机,没有浴室,没有躺椅。昨天晚上,我被人拖着到处走。凯斯宾一个劲儿地炫耀他这条滑稽的玩具船,就好像它是"玛丽女王"号似的,任何人听了都会觉得恶心。我想告诉他真正的船是什么样子,可是他根本听不懂。当然,埃和露都不支持我。我想,像露这样的孩子还没有意识到危险,而埃就像这里的每个人一样,总是拍凯的马屁。他们称他为国王。我说我是共和党人,他却还来问我是什么意思!他好像什么都不知道。不用说,我被安排在船上最差的船舱里,那完全就是一间地牢。他们在甲板上给露西单独安排了一个房间,跟这里的其他房间相比,那简直算是一个漂亮的房间了。凯说因为露西是个女孩子。我想让他明白艾伯塔说的话,这样做实际上是在贬低女孩子,可是他根本听不懂。不过,他可能会看到,我如果被继续关在那个洞里,是会生病的。埃说我们不应该抱怨,因为凯是为了给露腾地方,才不得不跟我们合住。其实那样一来,房间变得更拥挤、更糟糕了。差点儿忘了说,还有一个老鼠模样的家伙,对每个人都特别放肆。其他人如果愿意,可以忍受,但如果他敢这样对我,我会一把扭断他的尾巴。这里吃的东西也很可怕。

尤斯塔斯和雷普奇普之间的麻烦,来得比预料得还要早。第二天午饭前,其他人都围坐在桌子旁等待着(因为在海上航行,大家胃口都很好),尤斯塔斯冲了进来,捏着一只手,大声叫道:

"那个小畜生差点儿要了我的命。我坚决要求把他控制起来。我要起诉你,凯斯宾。我命令你把他消灭掉。"

与此同时,雷普奇普出现了。他的剑已经拔了出来,胡须看上去十分凶狠,但态度还是那么彬彬有礼。

"请大家原谅,"他说,"特别是请女王陛下原谅。早知道他会逃到这里避难,我就会合理地等待一段时间再来让他纠正错误了。"

"到底是怎么回事?"埃德蒙问。

事情是这样的。雷普奇普总是觉得船开得不够快,喜欢坐在龙头旁边的船舷上，眺望东方的地平线，并用他那叽叽喳喳的小声音，轻轻哼唱树精给他唱过的那首歌。不管船怎样颠簸，他都从不抓住任何东西，总能轻松地保持平衡。也许是他垂在舷墙内甲板上的那根长尾巴，使他比较容易稳住身体。船上的人都很熟悉他的这个习惯，水手们也很喜欢，因为当他们独自站岗放哨的时候，就有一个伴儿可以陪着聊聊天。尤斯塔斯究竟为什么要一步一滑、摇摇晃晃、跌跌撞撞地走到艉楼（他晕船的劲儿还没有过去），我没有听人说过。也许他希望看到陆地，或者想到厨房里转转，搞点吃的。反正，他一看到那根挂下来的长尾巴——也许那尾巴比较诱人吧——心里就想，如果抓住尾巴，把雷普奇普倒拎在手里转上一两圈，然后跑开，哈哈大笑几声，肯定会很开心。一开始，计划似乎进行得很顺利。老鼠比一只大猫重不了多少。一眨眼工夫，尤斯塔斯就把他从栏杆上弄了下来。尤斯塔斯觉得，他挣扎着细小的四肢，大张着嘴巴，那样子真是傻得要命。不幸的是，雷普奇普曾多次为生存而战，没有片刻失去过理智，或忘记自己的技

能。被人拎着尾巴在空中打转时,要拔出剑来是不容易的,但他做到了。说时迟,那时快,尤斯塔斯只知道自己手上狠狠挨了两刀,疼得他只好放开尾巴。接着,老鼠重新站直身子,就像一个球从甲板上弹了起来。他面对着尤斯塔斯,只见一个长长的、明晃晃的、锋利而可怕的东西,像一根肉扦似的,在他肚子前一英寸的地方来回挥舞。(对纳尼亚的老鼠来说,这不算犯规,因为他们没法够到更高的地方。)

"住手,"尤斯塔斯唾沫喷溅地说,"走开。把那玩意儿收起来。它不安全。住手,听见没有。我要告诉凯斯宾。我要让你戴上嘴套,被五花大绑。"

"胆小鬼,你为什么不拔剑呢?"老鼠说,"拔出剑,较量一番吧。不然,我就用剑背把你打个鼻青脸肿。"

"我没有剑。"尤斯塔斯说,"我是个和平主义者。我不赞成打仗。"

"你的意思是,"雷普奇普暂时收回了剑,非常严厉地说,"你不打算给我满意感了吗?"

"我不明白你的意思。"尤斯塔斯抚摸着自己的手说,

"如果你开不起玩笑,我就不跟你费心思了。"

"那就吃我这一剑,"雷普奇普说,"再吃我这一剑——我要教教你怎么做人——怎么尊重一位骑士——尊重一只老鼠——和老鼠尾巴——"他每说一个词,都用剑背击打一下尤斯塔斯。剑身薄薄的,是用矮人炼成的钢做的,跟桦树条一样柔韧有力。尤斯塔斯的那所学校(当然)没有体罚,所以这种感觉对他来说是全新的。他虽然还没有克服晕船,却不到一分钟就从艏楼里蹿出来,一口气跑到甲板那头,一头冲进舱门——雷普奇普仍在后面紧追不舍。是的,尤斯塔斯觉得那把剑和老鼠都追得很紧,简直能感觉到那种热度。

解决这件事并没有费太多的周折。尤斯塔斯发现,大家都把决斗这件事看得很认真,他还听到凯斯宾提出要借给他一把剑,德里宁和埃德蒙则在讨论是不是应该把他弄成残疾,以弥补他块头比雷普奇普大得多的优势。他闷闷不乐地道了歉,跟露西一起去洗了那只受伤的手,包扎了伤口,然后回到自己的铺位上,小心地侧身躺下了。

第3章 孤独群岛

"看见陆地了。"有人在船头上喊道。

露西正在艉楼上跟赖因斯聊天,她啪嗒啪嗒地走下梯子,冲上前来。这时候,埃德蒙也来了,接着,他们发现凯斯宾、德里宁和雷普奇普已经在艉楼上了。这是一个有些寒冷的早晨,天空白茫茫的,大海是很深的蓝色,点缀着一朵朵白色的泡沫。在右舷船头之外不远的地方,是孤独群岛中离他们最近的那座岛——费利马,就像大海里一座低矮的青山,在它后面更远的地方,是它的姐妹岛杜伦的灰色山坡。

"熟悉的费利马岛!熟悉的杜伦岛。"露西拍着手说,"哦——埃德蒙,我们上次见到它们是多久以前了啊!"

"我一直不明白,它们为什么属于纳尼亚。"凯斯宾说,"难道是至尊王彼得把它们征服了吗?"

"哦,不。"埃德蒙说,"早在我们之前——早在白女巫的时代,它们就属于纳尼亚了。"

(顺便说一句,我至今还没听说这些遥远的岛屿怎么会属于纳尼亚王国的。如果我听说了,如果那个故事很有趣,我会把它写进另一本书里。)

"我们要在这里靠岸吗,陛下?"德里宁问。

"我觉得在费利马岛靠岸不太好。"埃德蒙说,"在我们那个年代,岛上几乎没有人居住,现在看来好像还是这样。当时人们大多住在杜伦岛,也有一些人住在阿芙拉岛,那是第三座岛,你现在还看不到。人们只在费利马岛上牧羊。"

"那我们只能绕过那个海角,我想,"德里宁说,"在杜伦岛靠岸。这就意味着需要划桨。"

"真遗憾,我们不能在费利马岛靠岸。"露西说,"我好想再去那里走一走啊。它是那么孤独——一种美丽的孤独,到处都是杂草和三叶草,还有柔和的海风。"

"我也很想活动活动腿脚。"凯斯宾说,"我有个主意。我们乘小船去岸上,然后把小船打发回来,这样,我们就可以在费利马岛上漫步,让'黎明踏浪'号到小岛的另一边去接我们,怎么样?"

如果凯斯宾此时像这次航行的后期一样经验丰富的话,是不会提出这个建议的。但在当时看来,这似乎是个特别好的主意。"哦,就这么办吧。"露西说。

"你也一起来吧?"凯斯宾对尤斯塔斯说。尤斯塔斯已经包扎好了手,来到了甲板上。

"只要能离开这条该死的船,怎么都行。"尤斯塔斯说。

"该死的?"德里宁说,"你这是什么意思?"

"在我家乡那样一个文明国家,"尤斯塔斯说,"船都非常大,你在里面待着,根本感觉不到是在海上。"

"那样的话,你还不如一直待在岸上。"凯斯宾说,"德里宁,你叫他们把小船放下去吧。"

国王、老鼠、佩文西兄妹俩和尤斯塔斯都坐进小船,被送到了费利马岛的海滩上。当小船离开他们划回去时,他们都转过身，打量着四周。他们惊讶地发现，"黎明踏浪"号看上去竟然那么小。

露西当然是光着脚的，她游泳时把鞋子踢掉了。不过，如果是在柔软的草地上走路，倒也不是什么难事。再次回到岸上，闻到泥土和青草的味道，多么令人愉快啊，尽管一开始脚下的地面似乎像船一样颠簸不定——在大海上待过一阵之后，一般都会产生这种感觉。这里比船上暖和多了。他们走上沙滩时，露西觉得脚踩在沙子上很舒服。有一只云雀在唱歌。

他们朝小岛走去，爬上一座十分陡峭但低矮的小山。到了山顶上，他们自然地回头张望，"黎明踏浪"号就像一只色彩鲜艳的大昆虫，闪闪发光，它划着桨，缓慢地朝西北方向爬行。接着，他们就翻过山脊，再也看不见它了。

杜伦岛就在他们面前，与费利马岛之间隔着一条约一英里宽的海峡，它的左后方是阿芙拉岛。杜伦岛上那座白色的小镇——狭港镇——清晰可见。

"咦！这是怎么回事？"埃德蒙突然说道。

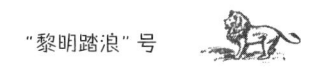

他们正朝下面的绿色山谷走去，山谷里有六七个相貌粗鲁的男人，全副武装，坐在一棵树旁。

"别把我们的身份告诉他们。"凯斯宾说。

"请问陛下，为什么呢？"雷普奇普说。他勉强同意蹲在露西的肩膀上。

"我突然想到，"凯斯宾回答道，"这里可能很久没有听到纳尼亚的消息了。他们可能不再承认我们的领主地位。在这种情况下，让人知道我是国王，恐怕不太安全。"

"我们有剑呢，陛下。"雷普奇普说。

"是的，雷普，我知道我们有剑。"凯斯宾说，"但如果需要重新征服这三座岛屿，我愿意带一支规模更大的军队回来。"

这时，他们离那些陌生人已经很近了，其中一个黑头发的大个子叫道："早上好啊。"

"早上好。"凯斯宾说，"孤独群岛还有总督吗？"

"当然有啊，"那人说，"冈帕斯总督。总督大人在狭港镇呢。不过，你们可以留下来，和我们喝杯酒。"

凯斯宾谢过他，尽管大家都不太喜欢这个新认识的

39

人的长相，但还是坐了下来。可是，他们刚把杯子举到嘴边，黑头发男人就朝几个同伴点了点头，说时迟那时快，五个来访者发现自己被几只强壮的胳膊死死抓住了。他们挣扎了一会儿，可是对方占尽优势。不一会儿，大家就被解除武器，反绑双手，只有雷普奇普例外。他在抓他的人手里拼命扭动，狂怒地咬着对方。

"当心那个畜生，塔克斯。"首领说，"不要伤害他。我相信，他一定能卖个好价钱。"

"懦夫！胆小鬼！"雷普奇普吱吱地叫道，"有胆量的话，就把剑给我，松开我的爪子。"

"呦！"奴隶贩子（他就是奴隶贩子）吹了声口哨，"他还会说话呢！真没想到。要是我拿他换不到两百个新月币，那才奇怪呢。"卡乐门新月币是这些地区的主要货币，价值约为三分之一英镑。

"原来你是这样的人。"凯斯宾说，"是绑匪和奴隶贩子。我希望你别得意得太早。"

"好了，好了，好了，好了。"奴隶贩子说，"不要耍嘴皮子。你越是放轻松，大家就越愉快，明白吗？我这

么做不是为了好玩儿。我也跟其他人一样，需要挣钱糊口。"

"你要带我们去哪儿？"露西费了好大劲儿才把话说出来。

"去狭港镇。"奴隶贩子说，"明天有集市。"

"那儿有英国领事吗？"尤斯塔斯问。

"有什么？"那人问。

可是，没等尤斯塔斯解释清楚，奴隶贩子就直截了当地说："好了，我听够了这些唠里唠叨。老鼠倒是个不错的家伙，但这个人能把驴后腿给唠叨断了。我们走吧，伙计们。"

四个囚犯被绑在一起，绑得不是很紧，但是很结实，然后他们被押着走向下面的岸边。雷普奇普是被抱着走的，他们威胁要把他的嘴绑起来，他才停止了咬人，但嘴里仍然骂个不停。露西真不明白，老鼠骂奴隶贩子的那些话，谁听了都受不了，可是奴隶贩子丝毫没抗议，只是在雷普奇普停下来喘口气的时候，说一句"接着说啊"，偶尔还加一句，"简直像一出戏"，或者，"天哪，

41

他好像知道自己在说什么呢！"或者，"是你们把他调教出来的吗？"雷普奇普听了大为光火。最后，他同时想说的话实在太多，憋得差点儿喘不过气来，只好沉默了。

他们走向下面的海滩，眺望远处的杜伦岛时，发现海滩上有一个小村庄和一条大舢板，稍远处还有一条脏兮兮的船。

"好了，孩子们，"奴隶贩子说，"不要琢磨着搞事情，你们就没什么好哭的。都上船吧。"

这时，一个长着胡子的英俊男人从一所房子（我想是客栈）里走出来，说道：

"嘿，普格。又有货了？"

那个似乎叫普格的奴隶贩子深深地鞠了一躬，用一种讨好的口气说："是的，请大人收下。"

"那个孩子，你想卖多少钱？"那人指着凯斯宾问。

"啊，"普格说，"我就知道大人会挑最好的。我可不能用二等货欺骗大人。这个孩子，嗜，我自己也看上了。我真是有点喜欢他呢。我心肠太软了，根本不适合做这份工作。不过，对于大人您这样的顾客——"

"开价吧，你这个下三烂。"那位大人厉声说，"你以为我想听你这肮脏交易的无聊废话吗？"

"三百个新月币，尊贵的大人。这是给您的价格，换了其他人——"

"我给你一百五。"

"哦，求求你，求求你。"露西插嘴说，"不管你做什么，都不要拆散我们。你不知道——"说到这里，她停住了话头，因为她看出，凯斯宾现在不想让人知道他的身份。

"那就一百五吧。"那位大人说，"至于你，小姑娘，很抱歉，我不能把你们全部买下来。普格，快给这个男孩松绑。记住——其他人还在你手里的时候，要好好对待他们，不然你会倒霉的。"

"哎呀！"普格说，"在我们这一行里，还没听谁说过哪位绅士能像我这样善待自己的货，有吗？我对待他们就像对待自己的孩子一样呢。"

"听起来倒像真的。"对方冷冷地说。

可怕的时刻到来了。凯斯宾被松了绑，他的新主人说："过来，孩子。"露西哭了起来，埃德蒙一脸茫然。可是，凯斯宾扭过头说："打起精神来。我相信最后都会好起来的。再见。"

"好了，小姐。"普格说，"你可别没事找事，破坏了你在明天集市上的模样。你要做个乖孩子，这样就没什么好哭的了，明白吗？"

然后，他们被送上那条贩奴船，被带到下面一个长长的、十分昏暗和肮脏的地方，在那里，他们发现了许多不幸的囚犯。普格无疑是一个海盗，他刚去那些岛屿巡游一番回来，把能抓的人都抓来了。几个孩子没有遇

到他们认识的人,那些囚犯大多是加尔马人和特里宾西亚人。孩子们坐在稻草上,猜测着凯斯宾的遭遇,同时还要拼命拦着尤斯塔斯说话。他好像以为,除了他自己,别人都有错似的。

与此同时,凯斯宾倒是过得非常愉快。那个买他的男人领着他,穿过两座村屋间的小巷,来到村子后面的一块空地。然后,男人转过身来,面对着他。

"你不用害怕,孩子,"他说,"我会好好待你的。我是因为你的相貌才买下你的。你使我想起了一个人。"

"我可以问问那是谁吗,大人?"凯斯宾问。

"你让我想起了我的主人,纳尼亚的凯斯宾国王。"

这时,凯斯宾决定冒险一搏。

"大人,"他说,"我就是你的主人。我就是纳尼亚的凯斯宾国王。"

"你说得倒轻巧,"对方说,"我怎么知道你说的是真的呢?"

"首先看我的长相。"凯斯宾说,"其次,我猜六次就能知道你是谁。你是纳尼亚的七位爵爷之一,被我的叔叔米拉兹派到海上,我出来就是寻找你们的,你们是——阿尔戈兹、伯恩、奥克特西安、雷斯蒂玛、马弗拉蒙,还有——还有——还有两位我忘记名字了。最后,如果大人愿意给我一把剑,我会与任何人来一场干净利落的较量,证明我就是凯斯宾,老国王凯斯宾的儿子,现今纳尼亚的合法国王,凯尔帕拉维尔的君主,孤独群岛的皇帝。"

"天哪,"男人惊叫道,"这说话的声音和腔调跟他父亲一模一样。我的国王——陛下——"他说着,跪在地上,亲吻国王的手。

"爵爷为我支付的款项,将从国库中偿还。"凯斯宾说。

"钱还没落进普格的腰包呢,陛下。"这位伯恩爵爷说,"我相信永远也不会了。我曾经一百次劝说总督大人,要他打击这种卑鄙的人贩子交易。"

"伯恩爵爷,"凯斯宾说,"我们必须谈一谈这些岛屿的状况。但是首先,爵爷自己的遭遇是怎样的呢?"

"陛下,说来很简单。"伯恩说,"我和那六个伙伴千里迢迢地航行到这里,我爱上了岛上的一个姑娘,而且我觉得已经受够了大海。只要你的叔王陛下还大权在握，返回纳尼亚也没有任何意义。所以，我结婚了，从那以后就一直住在这里。"

"这个总督，这个冈帕斯，是个什么样的人呢？他还承认纳尼亚国王是他的主人吗？"

"口头上来说，是的。一切都是以国王的名义。但是，要是他真的看到一位活生生的纳尼亚国王来到他面前，恐怕不会太高兴。倘若陛下一个人赤手空拳去见他——当然，他不会否认自己的忠诚，但是会假装不相信您。陛下的生命将处于危险之中。请问陛下在这片海域还有多少追随者？"

"我的船正在绕过海角。"凯斯宾说，"真要打起来，我们大概有三十把剑。难道我们不能开着我的船去袭击普格，把被他俘虏的几个朋友救出来吗？"

"我不建议这样做。"伯恩说，"一旦打起来，狭港镇会派出两三条船来营救普格。陛下必须虚张声势，摆出一副更加厉害的样子，并以国王的名义作为威慑。绝不能直接干仗。冈帕斯是个胆小鬼，可能经不住恐吓。"

凯斯宾和伯恩又聊了一会儿后，就朝村子西边不远处的海岸走去。到了那里，凯斯宾吹起了号角。（不是苏珊女王用的那只神奇的纳尼亚号角。他把那只号角留在了家里，国王不在家的时候，如遇紧急情况，摄政王特鲁普金可以使用。）德里宁正在等待信号，立刻就听出了皇家号角的声音，于是，"黎明踏浪"号向岸边驶去。然后，小船又被放了下来，不一会儿，凯斯宾和伯恩爵爷就上了大船，向德里宁解释情况。德里宁也像凯斯宾一样，想要立刻把"黎明踏浪"号开到贩奴船旁边，登上那条船，伯恩同样表示了反对。

"船长，沿着这条海峡一直往前开，"伯恩说，"绕到阿芙拉岛，那里有我自己的领地。但是首先要把国王的旗帜竖起来，把所有的盾牌挂出来，把人都派到桅楼上去，越多越好。开出大约五个箭程，当左舷船头进入开阔海域之后，就发几个信号。"

"信号？给谁发信号？"德里宁问。

"哎呀，给其他所有船发信号。我们虽然没有那些船，但冈帕斯可能以为我们会有。"

"哦，明白了。"德里宁搓着手说，"他们会读懂我们的信号。我该说什么呢？ 就说整个船队绕到阿芙拉岛以南，聚集在——？"

"聚集在伯恩斯特德。"伯恩爵士说，"那就行了。整个船队——如果真有船的话——从狭港镇是看不见的。"

凯斯宾很同情那几个在普格的贩奴船上受煎熬的朋友，但他忍不住觉得那天剩下的时间过得很愉快。下午晚些时候，他们（不得不全靠划桨）向右转舵，绕过多恩岛的东北端，再向左转舵，绕过阿芙拉岛的岬角，进入了阿芙拉岛南岸的一个良港。在那里，伯恩那片美丽的领地一直向下直延伸到海边。他们看到，许多伯恩的臣民都在田里干活，而且全是自由人，这是一片幸福和繁荣的封地。他们在这里上岸，在一座俯瞰海湾、带柱子的矮房子里，享受了一场盛宴。伯恩和他优雅的妻子，以及几个活泼的女儿，让他们感到很快乐。天黑以后，伯恩派出一个信使，坐船去了杜伦，吩咐那里的人们为第二天做一些准备（他没说具体是什么准备）。

第4章 凯斯宾在那里做了什么

第二天一早,伯恩爵爷就来拜访客人了。吃过早餐后,他请凯斯宾下令让手下所有的人全副武装。"最重要的是,"他补充说,"要让一切显得整整齐齐、利利索索,就好像今天早晨打响的是王者之争的首战,全世界的人们都在看着。"于是就这样做了。然后,凯斯宾带着手下,伯恩带着自己的几个随从,乘坐三条船向狭港镇出发。国王的旗帜在船尾高高飘扬,他的号手站在他身边。

到达狭港镇的码头时,凯斯宾发现那里聚集了一大群人迎接他们。"这就是我昨天夜里捎去的口信。"伯恩说,"他们是我的朋友,都是诚实本分的人。"凯斯宾一踏上岸,人群就爆发出热烈的欢呼:"纳尼亚! 纳尼亚!

国王万岁。"与此同时——这也多亏了伯恩的那位信使——镇上的许多地方都响起了钟声。然后，凯斯宾命旗手开道，让号手吹得震天响，每个人都拔出剑来，脸上带着愉快而庄严的表情，雄赳赳气昂昂地走在街上，震得街面都在抖动。他们的盔甲明晃晃的（这是一个阳光灿烂的早晨），没有人能一直盯着看。

起初，欢呼的人只有那些伯恩信使提醒过的人，他们知道是怎么回事，并且希望这件事发生。但后来，所有的孩子都加入了，因为他们喜欢游行，而以前很少看到过。接着，所有男学生也加入进来，他们也喜欢游行，而且觉得越是吵闹越是混乱，那天上午就越不可能上课。接着，所有老太太都把脑袋从门口或窗口伸出来，开始叽叽喳喳，大声欢呼，要知道这是一位国王啊，总督怎么能比得上呢？所有年轻姑娘也加入了，理由也是同样的，同时还因为凯斯宾、德里宁和其他人都那么英俊帅气。再接着，所有年轻男人都过来了，看姑娘们在看什么，因此，当凯斯宾走到城堡门口时，几乎全镇的人都在叫喊。冈帕斯坐在城堡里，正在胡乱摆弄账目、表格

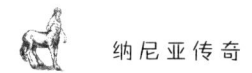

和各种规章制度，他听到了喧闹声。

凯斯宾的号手在城堡门口吹响了号角，大声喊道："快为纳尼亚国王打开大门，他前来接见他那忠实的、深受爱戴的仆人——孤独群岛的总督。"岛上的一切都邋里邋遢、懒懒散散。一扇小后门打开了，走出一个蓬头垢面的家伙，头上没戴头盔，只戴着一顶肮脏的旧帽子，手里拿着一根生锈的旧长矛。他对眼前这些光彩夺目的人们眨眨眼睛。"不能——见——督。"他嘟囔着（意思是——"你们不能见总督"），"每月第二个星期六晚上的九点到十点能见，其他时间，没有预约，概不接见。"

"向纳尼亚国王脱帽致敬，你这狗东西。"伯恩爵爷怒吼着，用戴着铁手套的手打了他一下，把他头上的帽子打飞了。

"啊？怎么回事？"看门人开口道，可是没有人理会他。凯斯宾的两个手下穿过后门，对着门闩和插销（所有的东西都生锈了）捣鼓一阵之后，把两扇大门都打开了。然后，国王和随从们大步走进了院子。院子里有一些总督的警卫在闲逛，还有几个（多半都在擦嘴）跌跌

撞撞地从各个门洞里跑出来。虽然他们的盔甲残缺不全，但如果有人牵头，或知道是怎么回事，他们还是会参加战斗的。形势十分危险，凯斯宾没有给他们时间思考。

"队长在哪儿？"他问。

"我就算是吧，但愿你明白我的意思。"一个无精打采、油头粉面的年轻人说，身上根本没穿盔甲。

"我们希望，"凯斯宾说，"如果可能的话，我们对孤独群岛的领地的造访能使我们忠诚的臣民感到高兴，而不是害怕。若不是因为这个，我就要对你们士兵的盔甲和武器状况发表一些看法了。好吧，你们被赦免了。我会吩咐手下开一桶红酒，让你们的人为我们祝酒吧。但明天中午，我希望在这个院子里看到他们像真正的战士，而不是像一伙流浪汉。这事务必办好，否则我们会很不高兴。"

队长目瞪口呆，但伯恩立刻叫道："为国王三呼万岁。"那些士兵别的不明白，但知道那桶红酒是怎么回事，也跟着欢呼起来。于是，凯斯宾命令他的大多数手下留在院子里，他则带着伯恩、德里宁和另外四个人走进了大厅。

在大厅那头一张桌子后面，坐着孤独群岛的总督大人，身边围着许多秘书。冈帕斯是个脾气暴躁的人，头发原先是红的，现在几乎全变白了。几个陌生人进来时，他抬头看了一眼，然后又低头看着面前的文件，下意识地说："除了每月第二个星期六晚上的九点到十点，其他时间，没有预约，概不接见。"

凯斯宾朝伯恩点了点头，站到了一边。伯恩和德里宁向前跨出一步，一人抓住桌子的一头。他们把桌子抬起来，扔到了大厅的一边，桌子在地上翻滚，信件、卷宗、墨水瓶、羽毛笔、封蜡和文件纷纷散落在地上。然后，他们虽不粗暴，但双手像钢钳一样有力地把冈帕斯从椅子上揪起来，放在四英尺开外的地方，让他面对椅子。凯斯宾立刻在那把椅子上坐下，把拔出来的宝剑横放在膝头。

"大人，"他说，眼睛盯着冈帕斯，"你没有像我们预料的那样迎接我们。我是纳尼亚的国王。"

"信里根本没有提到，"总督说，"会议纪要里也没写。我们没有接到任何这样的通知。全都不合规则。我很乐意考虑任何申请——"

"我们是来调查总督阁下的职务行为的。"凯斯宾接着说道,"有两点我特别需要你做出解释。首先,我发现在大约一百五十年时间里,都没有这些岛屿向纳尼亚王国进贡的记录。"

"这个问题会在下个月的议会上提出来。"冈帕斯说,"如果有人提议成立一个调查委员会,在明年的第一次

会议上报告群岛的财政历史，那么……"

"我还发现，我们的法律上写得很清楚，"凯斯宾接着说，"如果未交贡品，全部债务必须由孤独群岛的总督自掏腰包来偿还。"

听了这话，冈帕斯开始当回事了。"哦，那是绝对不可能的。"他说，"这在经济上没有可能——哦——陛下一定是在开玩笑。"

他在心里盘算着，有没有办法摆脱这些不受欢迎的来客。如果他知道凯斯宾只有一条船，而且只有一船随行者，他就会暂时说几句软话，然后打算在夜里把他们全部包围起来，并将他们杀死。但是，他昨天看到一条战船开进了海峡，还看到它在给——他猜想——它的舰队发信号。他当时不知道那是国王的船，因为风不够大，没有把旗子吹展开，露出上面的金狮，于是他等待事态的进一步发展。现在，他想象着凯斯宾在伯恩斯特德有整整一支舰队。冈帕斯怎么也想不到，居然有人带着不到五十个人大摇大摆地闯进狭港镇，想要占领群岛。在他的想象中，他自己是绝对做不出这种事情的。

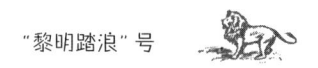

"其次，"凯斯宾说，"我想知道你为什么允许这种可恶的、反自然的贩奴行为在这里猖獗，它违背了我们国家的古老习俗和惯例。"

"这是必要的，无法避免的，"总督说，"我向你保证，这是群岛经济发展的重要组成部分。我们目前的繁荣全都依赖它。"

"你们需要奴隶做什么？"

"出口，陛下。主要是卖给卡乐门，另外还有其他市场。我们是一个重要的贸易中心。"

"也就是说，"凯斯宾说，"你不需要奴隶。告诉我，除了让普格这样的人赚得盆满钵满，奴隶还有什么用？"

"陛下年纪还轻，"冈帕斯带着慈父般的笑容说，"不可能理解这其中的经济关系。我有数据，我有图表，我有——"

"我虽然年纪还轻，"凯斯宾说，"但我相信我和大人一样清楚奴隶贸易的内幕。我不认为它给群岛带来了肉、面包、啤酒、葡萄酒、木材、卷心菜、书籍、乐器、马匹、盔甲，或任何其他值得拥有的东西。但不管是不是这样，它都必须停止。"

"可是那会倒退的。"总督气急败坏地说，"你知道什么是进步，什么是发展吗？"

"我在一只鸡蛋里见过它们。"凯斯宾说，"在纳尼亚，我们称之为'变质'。这种交易必须停止。"

"我不能负责采取这种措施。"冈帕斯说。

"那好吧，"凯斯宾回答道，"我们免去你的职务。伯恩大人，过来。"冈帕斯还没意识到发生了什么事，伯恩就跪了下来，双手放在国王的双手之间，宣誓要根据纳尼亚古老的习俗、权利、惯例和法律来治理孤独群岛。凯斯宾说："我想，我们已经无法忍受这位总督了。"于是当场封伯恩为孤独群岛公爵。

"至于你，大人，"他对冈帕斯说，"我免除你进贡的债务。但是在明天中午之前，你和你的家人必须离开城堡，这里现在是公爵的住所了。"

"听我说一句吧，这些都没错，"冈帕斯的一个秘书说，"但各位先生别演戏了，我们务实一点吧。摆在我们面前的问题其实是——"

"现在的问题是,"公爵说,"你和你这帮乌合之众是不挨鞭子就走,还是挨了鞭子再走。你们可以自行选择。"

这一切安排妥当后,凯斯宾吩咐备马。城堡里有几匹马,但照料得不太好。他和伯恩、德里宁带着另外几个人骑马进入小镇,向奴隶市场赶去。这是港口附近一幢低矮的长房子,他们发现里面的景象跟任何一场拍卖会没什么两样。也就是说,里面聚集了一大群人,普格站在台子上,用粗哑的声音嚷嚷着:

"好了,先生们,二十三号货。优秀的特里宾西亚农业工人,适合在矿山或船上干活。年龄二十五岁以下,嘴里没有一颗坏牙,顶呱呱的壮劳力。脱下他的衬衫,塔克斯,让先生们看看。硬邦邦的肌肉!看看他的胸脯。角落里的那位先生出了十个新月币。你一定是在开玩笑,先生。十五!十八!二十三号货,出价十八个新月币。有比十八更多的吗?二十一。谢谢你,先生。出价二十一——"普格突然停住话头,目瞪口呆。他看见了那些穿盔甲的人,他们铿锵作响地登上了台子。

"各位赶紧跪下，向纳尼亚国王致敬。"公爵说。大家都听到了外面传来马匹的铃铛声和马蹄声，许多人还听说了登陆和城堡事件的传言。大多数人都顺从地跪下了，那些没有跪下的也被旁边的人推倒在地。几个人欢呼起来。

"普格，你的生命被没收了，因为你昨天攻击了我们的王室成员。"凯斯宾说，"但是你的无知被原谅了。一刻钟前，贩卖奴隶的行为在我们的所有领土上都被禁止了。我宣布，这个集市上的每一个奴隶都是自由的。"

他举起一只手，制止奴隶们的欢呼，接着说道："我的朋友们在哪里？"

"那个可爱的小姑娘和那位漂亮的小绅士吗？"普格带着讨好的笑容说，"哎呀，他们一下子就被买走了——"

"我们在这儿呢，我们在这儿呢，凯斯宾。"露西和埃德蒙一齐喊道。"为您效劳。"雷普奇普在另一个角落里尖叫。他们都被卖掉了，但那些买主还在出价买别的奴隶，所以他们还没有被带走。人群分开，给他们三个让路，他们走过来和凯斯宾紧紧地握手、寒暄。两个卡乐门商人立刻走上前来。卡乐门人长着一张黢黑的脸庞，留着长长的胡子，穿着飘逸的长袍，戴着橙色的头巾，是一个聪明、富足、礼貌而冷酷的古老民族。他们彬彬有礼地向凯斯宾鞠了一躬，对他说了一大堆恭维的话，关于繁荣的泉水灌溉着英明和美德的花园——以及诸如此类的美言——当然啦，他们不过是想拿回自己付出的钱。"这样才公平，先生们。"凯斯宾说，"今日购买奴隶的，必须拿回他们的钱。普格，把你的收入全交出来，一个米尼都不许剩。"（一个米尼的价值是一个新月币的四十分之一。）

"尊贵的陛下，您是想把我变成乞丐吗？"普格哀叫道。

"你这辈子都是靠别人的伤心过活的，"凯斯宾说，"就算你成了乞丐，也比当奴隶强。我的另一位朋友呢？"

"哦，他？"普格说，"哦，欢迎你们把他带走。我巴不得能摆脱他呢。我这辈子从没在集市上见过这样的货。最后给他定价五个新月币，就算那样，也没有人愿意买他。把他和别的货一起打包贱卖，也还是没有人要。碰都不愿意碰,看都不愿意看。塔克斯,把苦瓜脸带出来。"

于是,尤斯塔斯被带了出来,他看上去确实一脸苦相。虽然没有一个人愿意被当作奴隶卖掉,可是做一个没人愿买的平庸奴隶可能更令人难堪。尤斯塔斯走到凯斯宾面前,说道:"我明白了。跟往常一样,我们其他人都成了囚犯,你却在什么地方逍遥快活。你肯定还没有打听到英国领事的情况吧。当然没有。"

那天晚上,他们在狭港镇的城堡里举行了一场盛大的宴会。"明天我们就要开始真正的冒险了!"宴会结束后,雷普奇普说,他向大家鞠了个躬,就去睡觉了。但冒险不可能真的是明天的事情。他们正要离开所有已知的陆地和海洋,必须为此做好充分的准备。"黎明踏浪"号被清空了,船被放在滚轴上,用八匹马拉上陆地,由技术最熟练的船工仔细检查它的每一个部位。然后,它又被放入水中,尽量在船上装满食物和淡水——也就是足够维持二十八天的物资。埃德蒙失望地发现,即使这样,他们也只能向东航行两个星期,然后就不得不放弃搜寻了。

在做这一切的同时,凯斯宾抓住机会向他能找到的狭港镇资历最老的船长打听,问他们是否知道东边还有陆地,或有没有听到过类似的传闻。他倒了好几壶城堡麦芽酒,款待那些饱经风霜、留着灰色短胡子、有着清澈蓝眼睛的男人,收获了许多令人难以置信的故事。然而,就连那些看上去最诚实的人都说,孤独群岛之外没有陆地。许多人认为,如果往东航行得太远,就会进入一片没有陆地的波涛汹涌的海域,它绕着世界的边缘永远旋转不息——"依我看,陛下的朋友们就是在那里沉入了海底。"其他的说法都荒诞不经,比如有的岛上住着没有脑袋的人,有的岛飘浮在半空,还有海上龙卷风,和贴着海面燃烧的大火。只有一个人说:"再往远去就是阿斯兰的领域。但那是在世界尽头之外,根本无法到达。"雷普奇普听了很高兴,可是追问起来,那人却说是从他父亲那里听说的。

伯恩只能告诉他们,当时他目送他的六个同伴向东航行,后来就再也没有听到他们的消息。他说这话的时候,正和凯斯宾站在阿芙拉岛的最高处,俯视着东部的海面。"我经常一大早上这儿来,"公爵说,"看太阳从海面上升起,有时似乎只有几英里远。我想知道我那些朋友的下落,想知道地平线后面到底是什么。也可能什么都没有,但我总是为自己留下来而感到有些惭愧。不过,我希望陛下不要去。这里可能需要您的帮助。奴隶市场的关闭可能会创造一个新世界。我预见我们与卡乐门之间会发生战争。陛下,请您三思。"

"公爵大人,我发过誓。"凯斯宾说,"再说,我又怎么向雷普奇普交代呢?"

第5章 风暴及其带来的后果

登陆差不多三个星期后,"黎明踏浪"号才被拖出狭港镇港口。大家非常庄重地道别,许多人聚集在岸边目送着船离去。当凯斯宾向孤独群岛的岛民做最后一次演讲,告别公爵和他的家人时,现场有欢呼,也有眼泪,可是,当船渐渐驶离岸边,紫色的船帆懒洋洋地拍打着,水面上传来的凯斯宾船尾的喇叭声变得微弱时,大家都沉默了下来。然后,船驶入了海风中。船帆鼓了起来,拖船解了缆,开始划回去,"黎明踏浪"号的船头下第一次掀起了真正的浪头,它又变成一条生龙活虎的船。不当班的人都去了下面,德里宁在船尾值第一班,船绕过阿芙拉岛的南面,转头朝东驶去。

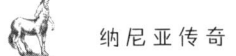

接下来的几天很愉快。露西觉得自己是世界上最幸运的姑娘。她每天早晨醒来，都看到水面上阳光映照的光影在船舱顶上跳动。她环顾四周，打量着她在孤独群岛上得到的所有漂亮的新东西——高筒靴、中筒靴、斗篷、短上衣和围巾。她走到甲板上，从艄楼眺望一天比一天湛蓝的清晨的大海，呼吸着一天比一天温暖的空气。然后，她去吃早餐，只有在海上的人胃口才会这么好。

露西常常坐在船尾的小板凳上，跟雷普奇普一起下棋。对雷普奇普来说，棋子太大了，要想在棋盘中央挪动棋子，他必须用两只爪子捧着棋子，使劲儿踮起脚，那模样真令人发笑。他棋术很高，当他想起自己是在下棋时，通常就会赢。但露西有时也会赢，因为老鼠会出一些莫名其妙的昏着儿，比如把一个骑士放到女王和城堡那儿去送死。因为他一时忘记了这是在下棋，还以为是一场真正的战斗呢，就让骑士去做了他本来肯定会做的事。他满脑子里都是渺茫的希望，生死攸关的问题，以及背水一战的决心。

然而，这种愉快的时光没有持续多久。一天晚上，

露西悠闲地望着海浪在船尾形成的长长的沟壑,也叫尾流,突然看见西边有一大片云正以惊人的速度堆积。

接着,云被撕开了一个缺口,黄色的夕阳从缺口中喷射而出。船尾后面的波浪似乎呈现出异样的形状,大海变成了一种灰褐色或土黄色,就像一块肮脏的画布。空气一下子变得很冷。船似乎在不安地移动,仿佛感觉到了后面有危险。船帆一会儿瘪瘪的、软软的,一会儿又像发了狂似的。就在露西留意这些事情,并对风声中出现的不祥变化感到奇怪时,德里宁喊道:"全体船员都到甲板上去。"一眨眼间,大家都忙得脚不沾地。舱口被封上了,厨房里的火被扑灭了,人们爬到桅杆上把帆收起来。他们还没忙完,风暴就降临了。露西觉得,船头前面的大海中突然出现了一个巨大的山谷,船急速地扎了下去,扎得比她想象的还要深。一堵比桅杆高得多的灰色大山直朝他们扑来。他们眼看必死无疑了,却又被甩到了浪尖上。然后,船好像在原地打转转。海水瀑布似的涌上甲板,艏楼和艉楼就像两座孤岛,中间是一片波涛汹涌的大海。桅顶上的水手们躺在帆桁上,拼命想控制住船帆。一根断了的绳子横在风中，硬撅撅的，好像一根拨火棍。

"快下去，小姐。"德里宁嚷道。露西知道陆地上的人——无论男女——都只会给水手添乱，于是听话地往下走。这并不容易。"黎明踏浪"号向右倾斜得厉害，甲板倾斜得像屋顶一样。她不得不绕到梯子的顶端，抓住扶手，等两个男人爬上梯子之后，她才费力地爬下去。幸好她抓得很紧，因为到了梯子底部，又一个浪头呼啸

着扫过甲板,淹到了她的肩膀。她已经被浪花和雨水淋成了落汤鸡,这个浪头更是冷得刺骨。然后,她冲向船舱的门,一头钻了进去,暂时把那令人震惊的景象——船正以骇人的速度冲进黑暗——关在外面,然而,可怕的混乱噪声当然是关不住的,吱吱嘎嘎声、呻吟声、噼啪声、咔嗒声、咆哮声和隆隆声,这些声音在下面听起来,比刚才在船尾上听起来更吓人。

之后的一天接一天都是这样。直到后来人们几乎忘记了以前是怎样的。每次都是三个人掌舵,要想保持航向,必须三个人才能搞定,而且水泵也总是需要人看守,大家几乎得不到休息。他们没有东西可以煮了吃,衣服也没法烘干。有一个人从船上掉了下去,太阳永远都不露面。

风暴过后,尤斯塔斯在日记里写下这样一段话:

> 九月三日。这么长时间来,我第一次能够写日记。我们被一场飓风驱赶了十三个日日夜夜。虽然其他人都说只有十二天,但我知道是十三天,我数得很仔细。跟一帮数数都数不清的人一起踏上危险

的航程，真是够刺激的！我过得生不如死，一小时一小时地在滔天的巨浪中颠簸，通常浑身湿透，甚至没有人给我们提供正常的一日三餐。不用说，船上没有无线电，连火箭也没有，所以根本不可能给任何人发求救信号。这一切都证明了我一直跟他们说的话是对的，坐着这样一个破烂小船出海实在是疯狂之举。哪怕身边都是些正派人，而不是披着人皮的恶魔，这趟航行也够糟糕的了。凯斯宾和埃德蒙对我简直是残忍虐待。失去桅杆的那天晚上（现在只剩一根断茬了），我身体很不舒服，但他们竟然还强迫我到甲板上像奴隶一样干活。露西还插嘴说，雷普奇普很想去，只是他个子太小了。我就纳闷了，她难道不明白吗，那个小畜生所做的一切都是为了显摆自己。露西虽然年纪不大，但也应该有这样的判断力了。今天，这条可怕的船终于平稳，太阳也出来了，大家都在讨论该怎么办。我们的食物，大部分都是难以下咽的东西，只够维持十六天。（家禽都被冲到海里去了。即使没有被冲走，风暴也会吓

得它们下不出蛋来。)真正麻烦的是淡水。两个桶好像被撞破了,水漏了个精光。(这又是纳尼亚的办事效率。)如果减少配给,每人每天半品脱水,也只够我们维持十二天。(朗姆酒和葡萄酒倒是还有很多,但就连他们也明白喝酒只会让人更渴。)

如果可能的话,明智的做法当然是立即掉头往西,驶向孤独群岛。但是,我们花了十八天才到达这里,大风在后面刮着,船跑得跟疯了似的。即使海上刮东风,我们也要花更长的时间才能回去。而现在并没有刮东风的迹象——事实上根本就没有风。至于划桨回去,花的时间就太长了,凯斯宾说,水手每天喝半品脱水是划不动桨的。我可以肯定这种说法不对。我试着向他们解释,出汗真的能让人凉快,人只要在干活,就不需要喝那么多水。他对此根本不予理会,他无言以对时总是这样。其他人都赞成继续前进,希望能找到陆地。我觉得我有责任指出,我们并不知道前面是否真的有陆地,我想让他们认识到一厢情愿的危险。他们不但没有提出更好的计划,反而还厚着脸皮问我的建议。对此，我只好冷静地、心平气和地解释说，我是遭到绑架，被迫踏上这趟愚蠢的航程的，我恐怕没有责任帮助他们摆脱困境。

九月四日。仍然风平浪静。晚餐分配的食物非常少，我得到的比别人更少。凯斯宾分餐的时候很狡猾，还以为我看不见呢！不知为什么，露西想把她的一些食物分给我，但那个爱管闲事的假正经埃德蒙不让她这么做。太阳火辣辣的。整个晚上我都渴得要命。

九月五日。仍然风平浪静，非常炎热。我整天都感觉特别难受，肯定是发烧了。不用说，他们是不懂得在船上放温度计的。

九月六日。可怕的一天。夜里醒来，我知道自己发烧了，必须喝水。不管哪个医生都会这么说。天知道我最不愿意为自己争取额外的好处，但我做

梦也没有想到，他们竟然对一个病人也采用这种淡水分配方式。事实上，我完全可以把别人叫醒，要点水喝，但我觉得叫醒他们太自私了。于是，我起床拿起我的杯子，蹑手蹑脚地从我们睡觉的那个"黑洞"走出来，小心地不惊扰凯斯宾和埃德蒙，自从天气炎热、缺少淡水以来，他们一直睡不好觉。我总是尽量替别人考虑，不管他们对我好不好。我顺利地出来，进了那个大房间——如果能称之为房间的话——里面放着划船凳和一些行李。盛水的桶在这一头。一切都很顺利，可是还没等我灌满一杯，那个小奸细雷普竟然一把抓住了我。我解释说，我只是到甲板上来透透气（水的事跟他没关系），他却问我为什么手里拿着杯子。他嚷嚷得那么凶，把船上的人都吵醒了。他们对我的态度很恶劣。我问——我想，换了谁都会这么问——这深更半夜的，雷普奇普为什么偷偷摸摸地在水桶旁边转悠？他说，因为他个头太小，在甲板上派不了什么用场，就每天晚上负责站岗看水，这样可以多一个人去睡觉。他们的反应太不公平了，竟然都相信了他。你有什么办法呢？

我不得不道了歉。不然，那个危险的小畜生就会拿着剑扑向我。这时，凯斯宾露出了残酷暴君的真面目，他大声地对大家说，从今往后，如果发现有人"偷"水，就"被罚两打"。埃德蒙向我解释后，我才明白了是什么意思。是佩文西家孩子们读的那种书里写到的话。

凯斯宾虚张声势地威胁了一番之后，改变了腔调，摆出一副恩赐般的姿态。他说他为我感到遗憾，说每个人都像我一样觉得自己在发烧，说我们都必须尽力克服，等等，等等。可恶的自命不凡的假正经。今天我在床上躺了一整天。

九月七日。今天有点风，但仍然是西风。靠着一部分的帆，船向东行驶了几英里。帆固定在德里宁所谓的应急桅杆上——这意味着要把船头的斜桅竖起来，绑在（他们称之为"系在"）那根主桅杆的残桩上。仍然渴得要命。

九月八日。仍然向东航行。现在我整天都躺在铺位上，除了露西，谁也不见，直到那两个坏蛋进来上床睡觉。露西把她的水分了一点给我。她说女孩不像男孩这样容易口渴。我经常也是这样想的，希望这一点在海上更加广为人知。

九月九日。看见陆地了，东南方向的远处有一座很高的山。

九月十日。那座山更大，也更清晰了，但是还离得很远。今天又看见了海鸥，不知有多久没看见它们了。

九月十一日。抓了几条鱼做晚饭吃。下午七点左右，船在这座多山的小岛的一个海湾里抛锚，水深三英寻。那个傻瓜凯斯宾不让我们上岸，因为天黑了，他担心有野人和野兽。今晚多分了一些水。

岛上等待着他们的是什么呢？这是尤斯塔斯比任何人都最关心的事，但我们不能用他的话讲述了，因为自从九月十一日之后，他有很长一段时间都忘记了写日记。

早晨到来的时候，灰蒙蒙的天空低垂着，但十分炎热。冒险家们发现这个海湾的周围都是悬崖峭壁，很像挪威的峡湾。在他们面前，在海湾的尽头，有一片平坦的土地，上面覆盖着茂密的树木，看上去像是雪松，一条湍急的溪流从树丛中流出。再往前是一条陡峭的上坡路，尽头是一道参差不齐的山脊，后面是一片朦胧的、黑乎乎的群山，山顶隐没在暗灰色的云层中。海湾两边较近的悬崖上，到处都有一道道白色的线条，大家知道那是瀑布，可是离得那么远，看不出水在流动，也听不到水声。确实，整个小岛非常寂静，海湾的水面光滑如镜。倒影中，悬崖的每个细节都清晰可见。这情景如果在画中会很美，在现实中却显得十分压抑。这个地方不欢迎游客。

小船来回两趟，把船上的人运上了岸，大家在河里痛痛快快地喝了水，洗了澡。他们吃了顿饭，又休息了一会儿，凯斯宾派四个人回去看守大船，这一天的工作就开始了。要做的事情太多了。必须把水桶搬上岸，把损坏的地方尽量想办法修好，然后重新灌满淡水；必须砍一棵树——最好是松树，如果能弄到的话——做成一根新的桅杆；必须把船帆补好；还要组织一支狩猎队，捕杀这个岛上可能出现的任何猎物；还要浆洗和缝补衣服；还要修补船上数不清的小破损。要知道，"黎明踏浪"号——他们在远处看得更清楚了——跟之前离开狭港时的那条气派的大船完全不一样了。它看上去就像一个褪了色的、千疮百孔的空壳，任何人都会以为它是一条失事船的残骸。船上的船长和船员也好不到哪儿去——一个个面容憔悴，脸色苍白，因睡眠不足而眼睛发红，身上的衣服破破烂烂的。

尤斯塔斯躺在树下，听着大家讨论这些计划，他的心沉了下去。难道就不让人休息了吗？他们好不容易踏上了陆地，但看样子第一天还要像在海上一样辛苦地干活。突然，他想到了一个好主意。没有人注意他——大家都在谈论他们那条破船，就好像真的很喜欢那个讨厌的玩意儿似的。他为什么不索性溜走呢？他可以到岛上去走走，在山上找个凉快的、空气新鲜的地方，好好地睡上一觉，等到一天的工作都结束后，再回到其他人身边。他觉得这样对自己有好处。不过，他会多加小心，不让海湾和大船离开他的视线，这样就保证自己能回去了。他可不想被留在这个荒岛上。

他立刻开始实施这个计划。他悄悄地从栖身处站起来，走到树丛里。他故意走得很慢，假装漫无目的，这样，即使有人看到他，也会以为他只是在活动活动腿脚。他惊奇地发现，身后的谈话声很快就消失了，树林里变得十分寂静和温暖，周围一片翠绿。很快，他觉得他可以大胆地迈开步伐，走得更快、更坚定了。

不久，他就从树林里出来了，面前的地面变成了陡坡。草地又干又滑，但只要他手脚并用，还是能爬上去的。他气喘吁吁，不停地擦着额头，但还是继续往上爬。顺便说一句，这说明他的新生活——他自己也没想到——已经对他产生了一些好处。以前的那个尤斯塔斯，哈罗德和艾伯塔的乖儿子尤斯塔斯，肯定爬不到十分钟就放弃了。

他休息了几次，慢慢地爬上山脊。他原以为在这里可以看到小岛中心的景色，可是现在云层越压越低，一大片雾气朝他翻滚而来。他坐下来扭头看去。这里真高啊，海湾在下面显得很小，一眼望去，可以看见好几英里的大海。接着，山上的浓雾把他团团围住，雾虽然浓，却并不冷，于是他躺下来，翻来翻去地寻找一个最舒服的姿势，休息一下。

但是，他没有得到休息，或者说没有休息很久。他开始——几乎是他生平第一次——感到孤独。起初，这种感觉是一点点滋长的。然后，他开始担心时间。周围一点声音也没有。他突然想到自己可能已经在这里躺了好几个小时，其他人可能已经走了！他们也许是故意让他溜达开去，就是为了把他甩掉！他惊慌地跳起来，开始往下走。

一开始，他性子太急，只想快点下去，结果在陡峭的草地上滑了一跤，出溜开好几英尺远。然后，他又觉得往左偏得太多了——他爬上来的时候，看到那一边是悬崖。于是，他又往上爬，尽量靠近他猜测是刚才出发的地方。然后，他重新开始下山，靠着右边走。在那以后，情况似乎好转了。他走得非常小心，因为只能看到前面一码以外的地方，而且周围仍然一片寂静。当内心有个声音一直在说"快点，快点，快点"，同时又不得不小心翼翼走路时，那感觉是很难受的。他担心被人抛弃，这可怕的想法每时每刻都在增强。如果他真的了解凯斯宾和佩文西兄妹，当然就会知道他们绝对做不出这种事情。但他已经让自己相信他们都是披着人皮的恶魔。

"终于到了！"尤斯塔斯一边说，一边顺着一条碎石坡（他们管它叫岩屑堆）滑下去，发现自己到了平地上。"咦，那些树在哪儿呢？前方一片黑乎乎的。啊，我相信雾正在散去。"

确实如此。光线越来越亮，他忍不住眨巴着眼睛。雾散了。他在一个完全陌生的山谷里，根本看不见大海。

第6章 尤斯塔斯的奇遇

与此同时,其他人在河里洗手洗脸,准备吃饭和休息。三个最好的弓箭手去了海湾北边的山上,带回来两只野山羊,此刻正在火上烤着。凯斯宾吩咐把一桶酒搬上了岸,那是阿钦兰产的烈性葡萄酒,必须先兑一些水,这样才够大家喝的。到目前为止,工作进展顺利,晚餐也吃得很愉快。大家又添了一份羊肉之后,埃德蒙才说:"那个讨厌鬼尤斯塔斯哪儿去了?"

这时候,尤斯塔斯正在环顾这个陌生的山谷。它狭窄、幽深,四周的悬崖十分陡峭,就像一个巨大的深坑或壕沟。地面上杂草丛生,碎石满地,尤斯塔斯看到四处都是黑色的焦斑,就像干旱的夏天在铁路路堤两边看到的那样。

大约十五码开外，有一个清澈、平静的水潭。起初，山谷里什么也没有。没有野兽，没有鸟，也没有昆虫。太阳炙烤着大地，山谷边缘耸立着巍峨的山峰和尖角。

尤斯塔斯当然意识到他在雾中走错了路，下到了山脊的另一边，于是他立刻转过身，想要返回去。可是仔细一看，他顿时不寒而栗。显然，他阴错阳差地碰到了唯一一条下山的路——那是一条狭长的绿地，陡峭而狭窄，两边都是悬崖。没有其他返回的路了。但他现在已经看清了地势的险峻，还能走回去吗？光是想想就感到头晕目眩。

他又转过身，心想，不管怎么样，先在水潭里喝上一通水再说吧。可是刚一转身，还没朝山谷里迈出一步，他就听到身后传来了声音。声音虽然不大，在无边的寂静中却显得很响。他顿时愣住了，在原地呆了一呆，然后扭过头看去。

在悬崖的底部，在他左边一点的地方，有一个低矮的、黑乎乎的洞——也许是一个山洞的入口。两股细细

的烟正从洞里冒出来。黑洞下面松动的石头在移动（这就是他听到的声音），好像有什么东西在黑暗的洞中爬行。

有什么东西在爬。更可怕的是，有什么东西正在钻出来。换了埃德蒙、露西或者你，都能一眼就认出来，可是尤斯塔斯没有读过一本有用的书。那个从洞里钻出来的东西，是他连想都没有想到过的——铅灰色的鼻子，暗红色的眼睛，身上没有羽毛或皮毛，长长的身体软塌塌地拖在地上，腿的肘部比背还高，就像蜘蛛的毒爪子，它那蝙蝠般的翅膀在石头上擦出刺耳的声音，尾巴有好几码长。那两股烟是从它的两个鼻孔里冒出来的。尤斯塔斯从来没有对自己说过"龙"这个词。他即使说过也于事无补。

不过，如果他对龙有所了解的话，也许会对这条龙的行为感到有点吃惊。它没有坐起来拍打翅膀，也没有从嘴里喷出火焰。它鼻孔里冒出的烟，就像一堆即将熄灭的篝火的烟。它似乎也没有注意到尤斯塔斯。它非常缓慢地爬向水潭——爬得很慢，还歇了好几次。尤斯塔斯虽然害怕，也觉得这是一个可怜的老家伙。他不知道自己敢不敢往山上冲。他担心如果弄出什么动静，龙可能会回过头来。它可能会振作起精神。也许它只是假装半死不活。再说啦，面对一个会飞的动物，爬山逃跑又有什么用呢？

龙到了水潭边，把可怕的、带鳞片的下巴滑到碎石上喝水。可是，它还没喝完，就发出一声很响的喉音或嘶哑的喊叫，在抽搐和痉挛了几下之后，它翻了个身，一动不动地躺在地上，一只爪子伸在空中。一些黑色的血从它大张着的嘴里喷出来。鼻孔里的烟变成黑色，随即就消散了。不再有烟冒出来。

也许这个畜生在耍诡计，引诱旅行者走向死亡。但永远等下去也不是办法。尤斯塔斯往前走了一步，走了两步，又停下了。龙一动不动。他还注意到龙眼睛里红色的火焰已经熄灭了。最后，他走到龙的跟前。现在，他相信龙已经死了。他打个了哆嗦，摸了摸龙，没有任何反应。

尤斯塔斯松了口气，差点笑出声来。他开始以为自己不仅是看着恶龙死去，而且还跟它搏斗，亲手杀死了它。他跨过死龙，走到水潭边喝水，他实在是热得没法忍受了。他听到一阵雷声，但并不感到惊讶。

太阳几乎立刻就消失了，他水还没喝完，大滴大滴的雨点就落了下来。

这个岛上的气候非常恶劣。不到一分钟，尤斯塔斯就淋成了落汤鸡，眼睛也看不清了，在欧洲从来没有见过这么大的雨。只要这场大雨不停，想要爬出山谷就根本不可能。他冲向眼前唯一的藏身之处——龙的山洞。他在洞里躺下来，让自己喘喘气。

我们大多数人都知道在龙的洞里会发现什么，但是，就像我前面说的，尤斯塔斯读的全是误人子弟的书。书里长篇大论地谈到进出口贸易、政府和排水系统，却很少涉及龙的话题。因此，他对自己躺着的地面感到非常不理解。有些地方太扎人了，不像是石头，又太硬了，不像是荆棘，似乎有一大堆又圆又扁的东西，他一动，这些东西就叮当作响。洞口的光线充足，可以仔细地观察一番。当然，尤斯塔斯发现——就像我们任何一个人事先都会告诉他的那样——这些东西竟然是财宝。有王冠（就是那些扎人的东西）、钱币、戒指、手镯、金锭、杯子、盘子和宝石。

尤斯塔斯不像大多数孩子，他从来没有怎么想过财宝的事，但他立刻看出财宝在这个新世界里会有多么大的用处。他当时真是昏了头，闯进家里露西卧室墙上的那幅画，误打误撞地进入了这个世界。"这里不用交税，"他说，"也不用把财宝交给政府。有了这些东西，我可以在这儿——也许是在卡乐门——过得很体面。卡乐门听起来是这些岛屿中最实在的。不知道我能带走多少。那个手镯——镶在上面的东西可能是钻石——我要把它戴在我的手腕上。太大了，但只要把它撸到胳膊肘以上就行。然后，我把口袋里装满钻石——这比拿金子容易多了。不知道这可恶的雨什么时候才会停。"他在那堆财宝上找到一个稍微舒服点的地方——这里大多是钱币——坐下来等待。但是，一场可怕的惊吓过后，特别是在山上走了很久又遭遇了一场可怕的惊吓之后，会感到非常疲倦。尤斯塔斯睡着了。

就在他打着呼噜、睡得正熟的时候，其他人已经吃完晚饭，开始真正为他担心起来。他们喊道："尤斯塔斯！尤斯塔斯！喂——喂！"后来，他们嗓子都喊哑了。凯斯宾吹响了号角。

"他不在附近，不然肯定会听到的。"露西脸色煞白地说。

"这家伙真讨厌。"埃德蒙说，"他为什么要这样偷偷溜走？"

"可是我们必须想想办法。"露西说，"他可能迷路了，或者掉进了洞里，或者被野人抓走了。"

"或者被野兽咬死了。"德里宁说。

"唉，如果那样就谢天谢地了。"赖因斯嘟囔道。

"赖因斯先生，"雷普奇普说，"你从来没说过这么不得体的话。那家伙不是我的朋友，但他是女王陛下的亲戚。既然他是我们的一位同伴，我们就必须找到他。如果他死了，就必须为他报仇，这关系到我们的荣誉。"

"我们当然要找到他（如果能找到的话）。"凯斯宾底气不足地说，"真是太烦人了。这意味着要成立一支搜寻队，还有没完没了的麻烦事。讨厌的尤斯塔斯。"

与此同时，尤斯塔斯睡啊、睡啊，睡了很长时间。他醒来是因为一条胳膊很疼。月光从洞口照进来，财宝铺成的床似乎变得舒服多了，事实上他几乎没有感觉任何不适。起初他不明白胳膊为什么会疼，但很快就意识到，他之前撸到胳膊肘上的那只手镯变得异常紧。他的胳膊一定是睡着的时候肿起来了（是他的左胳膊）。

他挪动右胳膊，想摸一摸自己的左胳膊，可是刚动了一点就停住了，他惊恐地咬住了嘴唇。因为就在前面，在他的右边一点，月光清澈地照在山洞的地上，他看到一个可怕的东西在移动。他熟悉那个形状：是一只龙爪。刚才他挪动自己的手时，它也在动，现在他的手一停，它也变得静止了。

"哦，我真是个傻瓜。"尤斯塔斯心里想，"当然，那条龙有个同伙，就躺在我的身边。"

他有好几分钟丝毫不敢动弹。他看到眼前升起两股细细的烟，在月光的映衬下呈黑色，就像另一条龙临死前鼻子里冒出的烟一样。这简直太吓人了，他屏住了呼

吸。两股烟消失了。当他实在憋不住,悄悄地呼出一口气时,立刻又有两股烟冒了出来。但他依然不明白真相是什么。

过了一会儿,他决定小心翼翼地挪到左边,争取偷偷地溜出山洞。也许那家伙睡着了——不管怎么说,这是他唯一的机会。当然,在向左挪动之前,他先朝左边看了看。哦,多么恐怖! 那边也有一只龙爪。

如果这时候尤斯塔斯哭泣流泪,谁也不会责怪他。他看到自己的眼泪溅到面前的财宝上,惊讶地发现那些泪珠大得出奇，而且它们异常滚烫，竟然还冒着热气。

然而，哭是没有用的。他必须想办法从两条龙中间爬出去。他伸出右胳膊。右边那条龙的前腿和爪子也做出了同样的动作。然后，他想试试左胳膊。左边的龙腿也动了起来。

两条龙，一边一条，在模仿他的动作！他的精神崩溃了，他没命地往外逃去。

当他冲出山洞时，各种声音响成一片，金子的叮当声，石头的摩擦声，他以为那两条龙都在后面追他。他不敢回头看。他一口气冲到水潭边。月光下，那条死龙扭曲的尸体足以吓坏任何人，但他此刻几乎没有注意，他一心只想跳进水里。

可是，就在他跑到水潭边的时候，发生了两件事。第一，他如同遭遇晴天霹雳一样意识到，自己在用四肢奔跑——他为什么要这样做呢？第二，当他向水潭俯下身去时，有那么一秒钟，他以为另一条龙正从水潭里抬头盯着他。然而，刹那间他就明白了真相。水潭里的龙脸正是他自己的倒影。这是毫无疑问的。它的动作跟他一模一样：他张嘴闭嘴，它也张嘴闭嘴。

他睡着的时候变成了一条龙。他睡在龙的财宝上，心里怀着贪婪的、龙一样的想法，结果自己也变成了龙。

一切都解释得通了。在山洞里，他身边并没有两条龙。左边和右边的那两只爪子，其实就是他自己的左爪和右爪。那两股烟是从他自己鼻孔里冒出来的。至于左胳膊（或者说曾经的左胳膊）的疼痛，他此刻眯起左眼，看清楚了是怎么回事。那个手镯，本来套在一个男孩的手臂上很合适，但对又粗又短的龙的前腿来说，实在是太小了。它深深地勒进了他那长满鳞片的肉里，两边的肉都鼓起一大块，一跳一跳地疼。他用自己的龙牙撕咬那个地方，却摆脱不了手镯。

尽管疼痛，他的第一个感觉是放心。再也没有什么可怕的了。他本身就很恐怖，世界上只有骑士（而且不是所有的骑士）敢来攻击他。他现在甚至可以报复凯斯宾和埃德蒙了……

可是一想到这一点，他就发现自己并不想报复他们。他想做他们的朋友。他想回到人类中间，说说笑笑，分享一些东西。他意识到自己成了一个怪物，与整个人类隔绝了。一种可怕的孤独感袭上他的心头。他开始明白，其他人其实根本就不是什么恶魔。他一直以为自己是个好人，但此刻开始怀疑是否真是这样。他渴望听到他们的声音。哪怕是听到雷普奇普说一句好听的话，他也会感激不尽。

可怜的、曾经是尤斯塔斯的龙想到这里，不由得放声大哭起来。一条威力无比的龙，在月光下，在一个荒凉的山谷里，痛哭流涕，那样的场景、那样的声音，实在是令人难以想象。

最后，他决定想办法找到返回岸边的路。这时候，他才意识到，凯斯宾是不可能撇下他开船离去的。他还相信自己总能用某种办法让别人知道他是谁。

他饱饱地喝了一顿水，然后（我知道这听起来很可怕，但如果你仔细想想，就不觉得可怕了），他几乎吃光了那条死龙。他吃到一半才意识到自己在做什么，因为你知道，他的头脑还是尤斯塔斯的，但他的口味和消化能力却跟龙一样了。没有什么比新鲜龙肉更让龙喜欢

的了，这就是你很少在同一个地方发现一条以上的龙的原因。

他转身爬出山谷，开始跳着往山上爬，一跳就发现自己飞了起来。他完全忘记了自己还有一对翅膀，不由得大吃一惊——这是他很久以来第一次感到惊喜。他升到空中，看见下面无数个山顶在月光下一览无余。他看见海湾像一块银光闪闪的石板，"黎明踏浪"号就停泊在那里，海滩旁边的树林里闪烁着篝火。他从很高的地方滑翔而下，朝他们俯冲下去。

露西睡得很香，她一直等到搜寻队回来，盼望能有尤斯塔斯的好消息。搜寻队的领队是凯斯宾，他们很晚才回来，一个个疲惫不堪。他们带来的消息令人不安。他们没有发现尤斯塔斯的踪迹，却看见山谷里有一条死龙。他们尽量往好处想，每个人都向其他人保证，周围不可能还有更多的龙，而且，一条死于下午三点钟左右（他们是在那个时候看见它的）的龙，是不可能在几个小时前吃人的。

"除非它吃了那个臭小子，被他毒死了。那小子能毒死任何东西。"赖因斯说。他是压低声音说的,没有人听见。

可是夜里,露西被轻轻地唤醒了,她发现大家都凑在一起,小声议论着什么。

"怎么啦?"露西问。

"我们必须表现出百折不挠的意志。"凯斯宾说道,"刚才有一条龙飞过树梢,落在了海滩上。是的,它恐怕挡在了我们上船的路上。射箭对龙是没有用的,而且龙根本不怕火。"

"请陛下允许——"雷普奇普说。

"不,雷普奇普,"国王非常坚决地说,"你不能跟它一对一地决斗。除非你答应在这件事情上听我的,不然我就把你绑起来。我们必须密切监视,天一亮就到海滩上去和它搏斗。我在最前面,埃德蒙国王在我右边,德里宁勋爵在我左边。除此之外没有其他安排。再过两个小时天就亮了。一小时后,把饭菜和剩下的酒端上来。一切都悄无声息地进行。"

"也许它会离开的。"露西说。

"那就更糟糕了,"埃德蒙说,"那样我们就不知道它在哪儿。如果房间里有一只黄蜂,我希望能看到它。"

晚上剩下的时间很难熬,饭菜端上来的时候,他们知道应该吃点东西,但许多人都觉得没有胃口。似乎过了很长很长时间,天色才渐渐亮起来,鸟儿开始到处鸣叫,世界变得比昨天夜里还要寒冷和潮湿。凯斯宾说:"现在就行动吧,朋友们。"

他们都拔出宝剑,站了起来,组成一个严严实实的方阵,露西在最中间,雷普奇普蹲在她的肩头。这比干巴巴的等待痛快多了,大家互相之间都觉得比平时更加亲近。很快他们就出发了。走到树林边缘时,天色更亮了。沙滩上躺着那条龙,像一只巨大的蜥蜴,或一条身体灵活的鳄鱼,或一条长着腿的蛇,那么的庞大和可怕,身上疙里疙瘩的。

可是,龙看到他们时,并没有站起来喷烟吐火,而是往后退——简直可以说它是摇摇晃晃地退到海湾的浅滩上的。

"它为什么那样摇晃脑袋?"埃德蒙问。

"现在又在点头了。"凯斯宾说。

"它眼睛里冒出了什么东西。"德里宁说。

"哦,你们看不出来吗?"露西说,"它在哭呢。那些都是眼泪。"

"这我可不能相信,小姐。"德里宁说,"那是鳄鱼的鬼把戏,想让你放松警惕。"

"你说这话的时候它在摇头呢。"埃德蒙说,"就好像在说'不'。瞧,它又摇头了。"

"你们说,它能听懂我们在说什么吗?"露西问。

龙拼命地点头。

雷普奇普从露西的肩膀上滑下来,走上前去。

"龙啊,"他用尖厉的声音说,"你能听懂我的话吗?"

龙点了点头。

"你会说话吗?"

龙摇了摇头。

"那么,"雷普奇普说,"问你什么也是白搭。不过,如果你愿意发誓跟我们做朋友,就把你的左前腿举过头顶。"

龙这么做了，但动作很笨拙，因为那条腿被金手镯勒得又痛又肿。

"哦，看，"露西说，"它的腿出了毛病。可怜的东西——它大概就是为这个哭的吧。也许它是来找我们给它治腿的，就像《罗言伏狮记》里那样。"

"小心点，露西。"凯斯宾说，"这是一条非常聪明的龙，但可能是个骗子。"

可是，露西已经跑上前去了，雷普奇普迅速摆动着几条短腿跟在后面。接着，孩子们和德里宁也过来了。

"让我看看你可怜的爪子，"露西说，"也许我能把它治好。"曾经是尤斯塔斯的那条龙，欣喜地伸出那条疼痛难忍的腿，他想起自己变成龙之前，露西曾用药水治好了他的晕船。然而，他失望了。神奇的药水只稍稍缓解了肿胀和疼痛，但无法使金子融化。

大家都围过来看怎么给龙治疗，凯斯宾突然叫了起来："看！"他眼睛盯着那个手镯。

第7章　尤斯塔斯脱险

"看什么？"埃德蒙问。

"看金手镯的图案。"凯斯宾说。

"一把小锤子，上面有一颗星星般的钻石。"德里宁说，"啊，我以前看见过。"

"看见过！"凯斯宾说，"嘿，你当然看见过。这是一个纳尼亚显赫家族的标志。这是奥克特西安爵爷的手镯。"

"坏蛋，"雷普奇普对龙说，"你把一个纳尼亚爵爷给吃掉了吗？"

龙拼命摇头。

"也许这就是奥克特西安爵爷，"露西说，"他中了魔法，变成了一条龙，你知道。"

"也不一定。"埃德蒙说,"所有的龙都收藏金子。但我们可以有把握地猜测,奥克特西安爵爷只到过这座岛,没有再往前走。"

"你是奥克特西安爵爷吗?"露西对龙说,龙伤心地摇摇头。露西又问:"你是中了魔法的人吗? 我是说,你是人类吗?"

龙拼命点头。

这时有人说——事后大家争论到底是谁先说的,是露西,还是埃德蒙——"你该不会是——该不会是尤斯塔斯吧?"

尤斯塔斯点了点他那可怕的龙头,尾巴在海水里啪啪地拍打。大家都往后一跳,免得被他眼睛里流出的滚烫的大泪珠溅到(有些水手还骂了脏话,我就不写下来了)。

露西努力安慰他,甚至还拼命鼓足勇气,去亲吻那张布满鳞片的脸。几乎每个人都说"多倒霉啊",有几个人还向尤斯塔斯保证,他们都会跟他站在一边。许多人说肯定有办法帮他解除魔法,一两天内就能让他恢复原样。当然啦,他们都很想听听他的故事,然而他不会说

话。在后来的几天里，他不止一次想把自己的经历写在沙滩上给他们看，但是从来没有成功过。首先，尤斯塔斯（从来没读过什么有用的书）不知道怎么把故事讲清楚。另外，他必须用龙爪写字，那些肌肉和神经从来没有学过写字，它们的构造也不适合写字。每次他还没写完，潮水就涌过来，把那些字都冲走了，只留下一些只言片语，有的也被他踩过，或被他的尾巴不小心扫过。别人看到的差不多是这样——省略号代表被他弄模糊的内容——

我睡着……龙洞，也就是龙住的山洞……因

为它死了，雨太大……醒来后很疼……从胳膊上弄下来，哦，烦人……

不过，大家都看出来了，尤斯塔斯变成龙之后，性格有了很大的改变。他特别乐于助人。他飞遍了整座小岛，发现岛上全是山，只有野山羊和成群的野猪。他带回了许多死羊和死猪，补充船上人的伙食。他还是一个非常仁慈的杀手，用尾巴狠狠一击就让野兽送了命，这样野兽就不知道（大概直到现在还不知道呢）自己被杀死了。当然，他自己吃了几只，但总是一个人吃，因为现在他是一条龙了，喜欢吃生肉，但他从不忍心让别人看到他吃得血肉模糊。有一天，他缓慢而疲倦地飞回来，但心里很得意，他把一棵高大的松树带回了营地，这是他在一个遥远的山谷里连根拔起的，可以用来做一根主桅杆。夜里气温转凉的时候（大雨过后有时就是这样），他给每个人带来安慰，大家都会过来靠着他滚热的身体坐下，取暖，烘干身上的水分。他喷出一口带火的气，就能燃起最熊熊不熄的火焰。有时，他会挑选几个人骑在他的背上，飞出去兜风，让他们看到下面辽阔的绿色山坡、巍峨的岩石、狭窄的幽深山谷，以及在东边遥远的海面上、在蓝色的地平线上的那个深蓝色的小点——那可能就是陆地。

被人喜欢，更重要的是喜欢别人，这对尤斯塔斯来说，是一种全新的喜悦，使他没有完全陷入绝望。因为做一条龙是很郁闷的。每当他飞过山间的湖泊，看到自己在水中的倒影时，他都会不寒而栗。他讨厌自己巨大的蝙蝠般的翅膀、锯齿状的脊背，以及那一对残忍而弯曲的爪子。他特别害怕独处，但又不好意思和别人在一起。晚上，当没有人拿他当热水袋时，他就溜出营地，像一条蛇似的蜷缩着身子，躺在树林和海水之间。在这种时候，雷普奇普总是十分耐心地安慰他，这让他感到十分意外。高贵的老鼠会悄悄离开围坐在篝火旁的欢乐的人群，走过来，在龙的脑袋旁边迎风坐下，避开它喷着烟火的呼吸。然后，他会解释说，尤斯塔斯的遭遇是命运无常的一个鲜活的例子，如果尤斯塔斯在他纳尼亚的家里（那其实不是一座房子，而是一个洞，连龙头都塞不进去，更不用说尤斯塔斯的整个身体了），他就可以让尤斯塔斯看到一百多个例子，那些皇帝、国王、公爵、骑士、诗人、情人、天文学家、哲学家和魔法师，都从荣华富贵一下子跌落到最悲惨的境地，幸好他们中的许多人绝处逢生，后来过上了幸福的生活。这番话，当时听来也许不能给人多少安慰，但用意是好的，尤斯塔斯一直把它记在心中。

当然，有一个问题像乌云一样笼罩在大家的头上：当他们准备起航的时候，这条龙怎么办呢？他在场的时候，大家都尽量不谈这件事，但他还是忍不住偷听到了一些话，比如，"甲板的一边能容得下他吗？我们得把所有的东西都移到另一边，才能保持船的平衡。"或者，"拖着他走行吗？"或者，"他飞起来能跟得上吗？"还有（最常听到的），"我们拿什么喂他呢？"可怜的尤斯塔斯越来越清楚地意识到，从他上船的第一天起，他就是个十足的大麻烦，现在更成了一个超级大麻烦。这念头啃噬着他的心，就像手镯深深地勒住他的前腿一样。他知道用他的大牙齿撕咬手镯只会使情况更糟，但还是忍不住经常撕咬，尤其是在炎热的夜晚。

他们在龙岛登陆大约六天后的一个清晨，埃德蒙碰巧醒得很早。天空渐渐泛起鱼肚白，能看到这里和海湾之间的树干，但看不见其他方向。他醒来时，似乎听到了什么动静，于是用一个胳膊肘撑起身子，向四周张望。不一会儿，他仿佛看见一个黑乎乎的身影在树林靠海的一边移动。他脑海里立刻闪过一个念头："我们真的肯定这岛上没有土著人吗？"接着，他以为那是凯斯宾——个头差不多——但他知道凯斯宾一直睡在他身边，他能看到他并没有动。埃德蒙摸了摸他的剑还在原处，就爬起身来，前去查看。

他悄悄地走到树林边缘，那个黑影还在。这时，他才看清那个身量对凯斯宾来说太小，对露西来说又太大。那人没有逃跑。埃德蒙拔出剑，正要向陌生人发出挑战，却听对方低声说道："是你吗，埃德蒙？"

"是的。你是谁？"他问。

"你不认识我了吗？"对方说，"是我，尤斯塔斯。"

"天哪，"埃德蒙说，"果真是你。我亲爱的朋友——"

"嘘。"尤斯塔斯说着,身子一个趔趄,好像要摔倒。

"喂!"埃德蒙扶住他说道,"怎么回事?你病了吗?"

尤斯塔斯沉默了很久,埃德蒙以为他晕过去了。但最后他说:"太可怕了。你不知道……但现在没事了。我们找个地方谈谈,好吗?我现在还不想见到其他人。"

"好的,你想去哪儿都行。"埃德蒙说,"我们可以坐在那边的岩石上。我说,我很高兴看到你——嗯——又恢复了原来的样子。你这段日子一定过得很煎熬。"

他们走到岩石边,坐下来眺望着海湾,天色越来越白,星星逐渐消失,只留下一颗特别亮的星星,低低地悬在地平线附近。

"我不想告诉你我是怎么变成一条——一条龙的,等到我能告诉其他人,把一切都解释清楚的时候再说吧。"尤斯塔斯说,"顺便说一句,我一开始甚至不知道那是一条龙,直到那天早上我来到这里,才听到你们说了这个词。我想告诉你的是我怎样不再是一条龙了。"

"说吧。"埃德蒙说。

"是这样的,昨天夜里我比以前还要难受。那个可恶的臂环把我勒得疼死了——"

"现在没事了吗？"

尤斯塔斯大声笑了——埃德蒙以前从没听他这样笑过——把手镯轻轻松松地从胳膊上撸了下来。"喏，"他说，"谁想要都可以拿去，我没意见。嗯，就像我说的，我躺在那里睡不着，就琢磨我到底会变成什么样子。然后——不过，请注意，这可能只是一场梦。我也说不清。"

"接着说。"埃德蒙十分耐心地说。

"好吧。我抬起头来，看到了一幕我万万没有想到的情景：一头巨大的狮子缓缓地向我走来。奇怪的是，昨夜没有月亮，狮子所在的地方却有月光。狮子越走越近。我心里害怕极了。你也许会想，我作为一条龙，可以不费吹灰之力地打倒任何一头狮子。但我的恐惧不是那一种。我不是害怕狮子把我吃掉，我就是单纯地怕他——但愿你能理解。好吧，他走到我面前，直盯着我的双眼。我把眼睛闭得紧紧的，然而这根本不管用，因为他叫我跟着他走。"

"你的意思是他说话了？"

"我不知道。既然你问起,我认为没有。但他还是吩咐了我。我知道我必须照他说的去做,就站起来跟着他走。他把我带进了大山的深处。无论我们走到哪里,狮子的身边总是笼罩着月光。最后,我们来到一个我从未见过的山顶,那里有一座花园——有树木、水果,所有的一切。花园的中央有一口井。

"我知道那是一口井,因为可以看到水从井底冒出来。但它比大多数的井大得多——就像一个圆圆的大浴池,有大理石台阶通往下面。里面的水清澈见底,我想,如果我能进去洗个澡,腿上的疼痛就会减轻了。可是,狮子对我说,我必须先把衣服脱掉。注意,我其实并不知道他有没有说话。

"我正想说我没法脱衣服,因为身上没穿衣服,这时我突然想到龙是蛇一类的东西,蛇是可以蜕皮的。噢,没错,我想,狮子就是这个意思。于是,我开始抓挠自己,身上的鳞片纷纷掉落下来。我又抓挠得更深一点,然后就不再是局部的鳞片脱落,而是整个皮肤都开始干净利落地剥离了,就像因病脱皮,或者就像香蕉剥皮一样。一两分钟后，我身上的皮就蜕光了。我看到蜕下来的皮躺在我脚边，看上去很丑陋。我感觉痛快极了。于是，我走到下面的井里去洗澡。

"我刚要把脚伸进水里，低头一看，却发现我的脚又硬又粗糙，皱巴巴的，布满鳞片，跟以前没什么两样。噢，没关系，我说，这只是说明在第一套衣服下面，我还穿着另一件稍小一点的衣服，我需要把它也脱掉。于是，我又是一番抓挠和撕扯，下面这层皮也完整地剥落了下来。我离开这张龙皮，让它躺在另一张皮的旁边，走到井边去洗澡。

"唉，同样的事情又发生了。我对自己说，天哪，我需要蜕多少层皮啊？因为我渴望着洗洗我的那条腿。于是，我第三次拼命抓挠，蜕掉了第三层皮，就像蜕掉前面两层一样，然后从龙皮里走出来。可是，我一看到水中的自己，就知道这根本没有用。

"这时候，狮子说——但我不知道他是否真说话了——'你必须让我给你脱衣服。'坦白地说，我很害怕他的爪子，但我现在几乎已经绝望了。于是，我平躺下来，让他给我脱皮。

"他撕开的第一道口子太深了，我觉得直接扎进了我的心脏。当他开始把皮扯下来的时候，我感觉到了前所未有的疼痛。唯一能让我忍受这种疼痛的，是感觉到那层东西被剥掉时的喜悦。如果你曾经揭过伤口上的硬痂，就能理解了。那真是钻心的疼啊——哦，但看着龙皮剥落又觉得很有趣。"

"我完全明白你的意思。"埃德蒙说。

"哦，他干脆利落地剥下那层该死的东西——我以为自己也这样剥过三次，只是那三次不疼。剥下的皮躺在草地上，比刚才那几张皮厚得多、黑得多、疙里疙瘩得多。我就像一根剥了皮的枝条，光滑而柔软，身体也比以前小了。然后，他抓住我——我不太喜欢那样，因为现在没有了皮肤，我的身体很娇嫩——他把我扔进了水里。剧烈的疼痛袭来，但只持续了一会儿。在那之后，感觉变得非常奇妙，当我开始游泳和戏水时，我发现胳膊上的疼痛彻底消失了。接着，我就明白了其中的原因，我又变成了一个男孩。如果我告诉你我对自己胳膊的感觉，你会认为我夸大其词。我知道我的胳臂没有肌肉，跟凯斯宾的胳膊比起来简直是不中用的东西，但我看到它们打心眼里高兴。

"过了一会儿，狮子把我拉出来，给我穿上衣服——"

"穿上衣服。用他的爪子吗？"

"嗯，那部分我记不太清了。反正他给我穿上了新衣服——喏，就是我现在穿的这身。接着，我突然就回到了这里，所以我才觉得自己一定是做了个梦。"

"不。这不是梦。"埃德蒙说。

"为什么？"

"嗯，首先是衣服。而且你已经——嗯，不再是龙了。"

"那么，你认为是怎么回事呢？"尤斯塔斯问。

"我认为你看见了阿斯兰。"埃德蒙说。

"阿斯兰！"尤斯塔斯说，"自从我们登上'黎明踏浪'号之后，我好几次听人提到这个名字。当时我觉得——我也不知道为什么——很讨厌他。不过，那时候我什么都讨厌。顺便说一句，我想道歉。恐怕我一直表现得很糟糕。"

"没关系。"埃德蒙说,"说句悄悄话,你的表现还没有我第一次到纳尼亚时那么糟糕呢。你只是一个笨蛋,而我当时是个叛徒。"

"好吧,那就别跟我细说了。"尤斯塔斯说,"可是,阿斯兰是谁呢?你认识他吗?"

"嗯——他认识我。"埃德蒙说,"他是一头伟大的狮王,是海外帝王的儿子,他救了我,也救了纳尼亚。我们都见过他。露西见到他的次数最多。说不定我们要去的正是阿斯兰的国度呢。"

好一会儿谁也没说话。最后那颗明亮的星星也消失了,右边的群山挡住了视线,他们看不见日出,但知道太阳正在升起,因为头顶上的天空和面前的海湾都变成了玫瑰色。接着,身后的树林里传来鸟儿的鸣叫,好像是鹦鹉一类,他们听到树丛间有了动静。最后,凯斯宾的号角吹响了,营地里热闹起来。

人们围着营火吃早饭时,埃德蒙和恢复原样的尤斯塔斯走了过来,大家顿时欣喜若狂。当然,现在每个人都听说了他故事的前半部分。人们猜想是另一条龙几年前杀死了奥克特西安爵爷，或者奥克特西安本人就是那条年迈的龙。尤斯塔斯在山洞里时塞进口袋的那些珠宝，都随着他当时穿的衣服一起消失了。但是，谁也不愿意——特别是尤斯塔斯自己——再回到那片山谷，去寻找更多的财宝了。

几天后，重新装上桅杆、油漆一新、储备充足的"黎明踏浪"号准备起航出发了。大家上船前，凯斯宾吩咐在面朝海湾的光滑岩壁上刻上这样的话：

龙岛

由纳尼亚国王

凯斯宾十世

在任的第四年发现。

我们推测

奥克特西安爵爷

在此长眠。

我们完全可以欣慰地说"从那时起，尤斯塔斯就完

全变了样儿"。准确地说，他逐渐变成了一个不同的男孩。当然，他还会故态复萌。他仍在许多日子里表现得很烦人。但我多半都不会注意。他已经开始痊愈。

奥克特西安爵爷的那个臂环的命运很离奇。尤斯塔斯不想要，把它送给了凯斯宾，凯斯宾又把它送给了露西。露西完全不拿它当回事。"好吧，那就随你的便。"凯斯宾说着，扬手把它抛向了空中。这时，他们都站在那里看着那句铭文。臂环飞了出去，在阳光下闪烁着光芒，像一个抛得很准的套索一样，挂在了岩石的一个突起部位。没有人能从下面爬上去拿它，也没有人能从上面爬下去拿它。据我所知，它今天还挂在那儿呢，也许会一直挂到世界末日。

第8章 两次死里逃生

"黎明踏浪"号从龙岛起航时,每个人都兴高采烈。一出海湾就顺风顺水,第二天一大早来到了那片陌生的陆地,尤斯塔斯还是一条龙的时候,有些人飞越大山时曾看到过它。那是一座郁郁葱葱的低矮的岛屿,除了兔子和几只山羊,岛上没有别的生物,但是他们看到一些石屋的废墟和几处被火烤得焦黑的地方,断定不久前曾有人在这里居住过。岛上还有一些骨头和折断的武器。

"是海盗干的。"凯斯宾说。

"或者是龙。"埃德蒙说。

除此之外,他们只在沙滩上找到一只小皮艇,也叫小圆舟,是用兽皮绷在柳条框架上做成的。这是一条小

船，只有四英尺长，船上还放着一把跟船匹配的桨。他们认为，要么这船是给小孩子做的，要么这个岛上都是矮人。雷普奇普决定留下这条船，因为大小对他正合适。他把它搬上了大船。他们给这里起名叫"焚烧岛"，不到中午就开船离开了。

他们乘着一股东南偏南的风，航行了大约五天，没有看见陆地，也没有看见鱼和海鸥。后来，有一天，大雨一直下到下午。尤斯塔斯跟雷普奇普下棋输了两盘，又变回了原来那个不招人喜欢的样子。埃德蒙说，真后悔他们当初没有跟苏珊一起去美国。露西从船尾的舷窗往外看，说道：

"哎呀！我相信雨已经停了。那是什么东西？"

听了这话，他们都跌跌撞撞地跑到船尾，发现雨真的停了。值班的德里宁使劲盯着船尾的一个什么东西，更确切地说，是好几个东西。看上去有点像光溜溜的圆石头，组成一排，互相间的间隔大约四十英尺。

"但不可能是石头，"德里宁说，"因为五分钟前它们还不在那儿呢。"

"有一个刚才消失了。"露西说。

"是啊，又一个冒了出来。"埃德蒙说。

"离得更近了。"尤斯塔斯说。

"见鬼！"凯斯宾说，"它们都在朝这边移动呢。"

"而且移动速度比我们的船快得多，陛下。"德里宁说，"马上就会追上我们了。"

他们都屏住了呼吸，因为无论是在陆地上还是大海上，被一个未知的东西追赶都不是什么好玩的事。然而，结果比任何人想象的还要可怕得多。突然，在跟船的左舷隔着一个板球场那么远的地方，从海里蹦出一颗吓人的脑袋。它整个都是绿色和朱红色的，点缀着紫色的斑点——上面还附着一些贝壳类的动物——它的形状很像马头，但没有耳朵。眼睛特别大，是一双擅长在黑暗的海洋深处凝视的眼睛，大张着的嘴巴里有两排像鱼一样的尖牙。那个脑袋下面，他们起初以为是一个巨大的脖子，但随着露出来的部分越来越多，大家才知道那不是脖子，而是它的身体，最后，他们看到了那个东西——大海蛇，是很多人傻乎乎地想看到的动物。远远地，可以看见它的大尾巴皱成好几段，几起几落，间隔着露出海面。此刻，它的脑袋已经比桅杆还高。

每个男人都冲过去拿武器，但是没有办法，因为他们根本够不着那个怪物。"射箭！射箭！"主弓箭手叫道。几个人照办了，然而，箭从海蛇的皮上轻轻擦过，好像那是钢板做的。在接下来的可怕的一分钟里，大家一动不动，盯着它的眼睛和嘴巴，不知道它会扑向哪里。

但它并没有扑过来。它把脑袋向前伸，越过了船身，与桅杆的横桁一样高。此刻它的脑袋就在战斗桅楼的旁边，仍然不停地往前伸，最后伸到了右边的船舷上。然后，它的脑袋开始往下落——不是落到拥挤的甲板上，而是落进了水里，这样一来，整条船就位于海蛇形成的一道拱门下面。说时迟那时快，拱门几乎立刻就开始变小，海蛇差不多要碰到"黎明踏浪"号右舷墙了。

尤斯塔斯（本来一直努力想要好好表现，却因为大雨和输棋而被打回了原形）此刻却做了他这辈子第一件勇敢的事。他身上带着凯斯宾借给他的那把剑。海蛇的身体一靠近右舷，他就跳上舷墙，使出全身的力气朝它

117

砍去。当然,他除了把凯斯宾第二好的宝剑断成了几截之外,没有起到任何效果,但对一个初学者来说,已经很了不起了。

其他人也想跟他一起战斗,但这时雷普奇普大喊一声:"别打!用力推!"老鼠居然劝人不要打斗,这太不寻常了,尽管形势千钧一发,大家还是都把目光转向了他。他跳到海蛇身前的舷墙上,用毛茸茸的小后背抵住海蛇有鳞的、黏糊糊的大后背,开始拼命地往外顶,很多人明白了他的意思,都跑向船的两边,如法炮制。过了一会儿,海蛇的脑袋又出现了,这次是在左舷,而且是背对着他们。此时,大家都明白了。

那畜生的身体围着"黎明踏浪"号绕了一个圈,并且开始越箍越紧。箍得特别紧的时候——咔嚓!——船就会变成碎木片漂浮在海面上,大海蛇可以把它们一根根地从水里捡起来。他们唯一的机会是把这个大圆环往后推,让它滑过船尾,或者(换一种说法)把船往前推,让它离开这个大圆环。

当然,单靠雷普奇普一个人是不可能做到这一点的,就像人不可能徒手托起一座大教堂。他使出了全身的力气，差点儿送了命，幸好别人把他推到了一边。很快，整个船上的人，除了露西和老鼠（他晕过去了），沿着两个舷墙排成了长队，为了保命，使劲地推，每个人的前胸都贴着前面那个人的后背，所以整个队伍的重量都压在了最后那人身上。在那令人揪心的几秒钟里（感觉像是好几个小时），似乎什么反应也没有。关节嘎嘎作响，大汗淋漓，人们喘着粗气，哼唷哼唷地使劲。接着，他们感觉到船在移动了。他们看到，海蛇环与桅杆的距离比刚才远了。但他们也看到，环变得更小了。眼前面临着真正的危险。他们能把它推过船尾吗？还是已经太紧了呢？没问题。正好合适。海蛇靠在艉楼的栏杆上。十几个人跳上了艉楼。这下好多了。海蛇的身体现在已经很低，他们可以在艉楼上站成一排，肩并肩地推。大家心里燃起了希望，却又想起了"黎明踏浪"号那高高的船尾——雕刻成龙尾的形状。要把那畜生推过那么高的船尾是不可能的。

"拿把斧子来，"凯斯宾嘶哑地叫道，"接着推。"露西知道每样东西放在哪里,她站在主甲板上,抬头望着艉楼,听到了凯斯宾的话。几秒钟后,她就拿着斧头下来了,奔上梯子,朝艉楼走去。她刚爬到顶上,突然传来一声惊天动地的巨响,好似一棵树倒了下来,船开始剧烈摇晃,向前冲去。就在那一刻,不知是因为海蛇被推得太狠,还是因为它愚蠢地决定把环箍得更紧一点,只见雕成龙尾的船尾整个儿断了,船一下子自由了。

其他人都累极了,没有看到露西所看到的景象。在他们身后几米远的地方,海蛇身体的那个环迅速缩小,消失在了一片水花中。露西总是说,她在那家伙的脸上看到了一种愚蠢而满足的表情(不过,她当时肯定非常激动,这也许只是她的想象)。可以肯定的是,海蛇是一个非常愚蠢的动物,它没有追赶大船,而是转过头来,开始在自己身上嗅来嗅去,好像指望可以在那里找到"黎明踏浪"号的残骸似的。但"黎明踏浪"号已经安然无恙地离开了。在一阵清风的吹拂下,甲板上的人躺着、坐着,喘着粗气、呻吟着,过了一会儿才开始谈论起这件事来,说着说着就哈哈大笑起来。朗姆酒端上来后，他们甚至欢呼起来。大家都称赞尤斯塔斯（虽然并没有起什么作用）和雷普奇普的勇敢。

在这之后，他们又航行了三天，除了大海和天空什么也看不见。第四天，风向转北，海面开始上升。到了下午，几乎刮起了大风。与此同时，他们看见船头左舷的方向有陆地。

"陛下，如果您允许的话，"德里宁说，"我们划桨去那个岛的背风处，停在港湾里，等这场大风过去。"凯斯宾同意了。可是，他们顶着大风划了很长时间，天都黑了还没有到达陆地。趁着最后一点天光，他们驶入一个天然的港湾，抛锚停泊，但那天晚上谁也没有上岸。第二天早晨，他们发现自己置身于一个绿色的海湾，而这座小岛怪石嶙峋，看上去很荒凉，顺着斜坡上去，有一个岩石山顶。山顶的北边狂风大作，云团从那里迅速地涌过来。他们把小船放到水里，把已经空了的水桶都搬了上去。

"德里宁，我们在哪条小溪打水呢？"凯斯宾说着，在小船的尾板上坐下，"好像有两条小溪流进这个海湾。"

"这没什么大不了的，陛下。"德里宁说，"不过，我认为右边那条更近一些 —— 也就是东边那条。"

"下雨了。"露西说。

"我想是的！"埃德蒙说，这时雨已经下得很大了，"喂，我们还是去另一条小溪吧。那里有树，我们可以避避雨。"

"好，我们走吧。"尤斯塔斯说，"没必要把自己淋成落汤鸡。"

可是，德里宁一直把船往右边开，就像那些讨厌的开车人，你明明告诉他们走错了路，他们仍以每小时四十英里的速度往前开。

"他们说得对，德里宁。"凯斯宾说，"你为什么不掉转船头，去西边的那条小溪呢？"

"只要陛下愿意就好。"德里宁有点不耐烦地说。他昨天为天气焦虑了一整天，他不喜欢陆地人对他指指点点，但他还是改变了方向。事后证明，他幸亏这么做了。

等他们取完了水，雨也停了，凯斯宾决定带着尤斯塔斯、佩文西兄妹俩和雷普奇普，走到山顶上去看看能发现什么。他们在粗糙的杂草和石楠丛中爬得很吃力，除了海鸥，四下里看不到人，也看不到野兽。爬到山顶后，他们发现那是一座很小的岛，最多不超过二十英亩。从这个高度望去的海面，比从甲板上，甚至从"黎明踏浪"号的桅杆顶上望去的海面更显得辽阔和荒凉。

"真是疯了。"尤斯塔斯望着东方的地平线，压低声音对露西说，"船一直这样往前开、往前开，根本不知道会到达什么地方。"但他这么说只是出于习惯，并不是像以前那样有什么恶意。

天气太冷，北风还在一阵阵刮着，不能在山脊上停留太久。

"我们不要原路返回吧。"大家转身时，露西说道，"我们再往前走一段，从另一条小溪下去，就是德里宁想去的那条小溪。"

大家都同意了，大约十五分钟后就来到了第二条小溪的源头。他们没想到这地方这么有趣。一个幽深的山间小湖，周围都是悬崖，只是向海的一边有一条狭窄的水道，水从那里流出去。这里终于吹不到风了，大家在悬崖上的石楠丛中坐下来休息。

大家都坐下了,可是有一个人(是埃德蒙)很快又跳了起来。

"这岛上到处都是尖石头。"他一边说,一边在石楠丛中摸索,"那该死的东西跑哪儿去了?……啊,找到了……嘿!根本不是什么石头,而是一个剑柄。不,天哪,是一把完整的剑,上面全是锈。它一定在这里躺了很久。"

"看样子也是纳尼亚的。"凯斯宾说,大家都围了过来。

"我也坐在了什么东西上。"露西说,"硬邦邦的。"原来是一件锁子甲的残骸。这时,大家都跪在地上,在茂密的石楠丛中到处摸索。他们在搜寻中先后找到了一顶头盔、一把匕首和几枚钱币,不是卡乐门新月币,而是真正的纳尼亚"狮币"和"树币",你在河狸大坝或者贝鲁纳的集市上随时都能看到的那种。

"看来,这大概是我们七位爵爷中的一位留下的遗物。"埃德蒙说。

"我也是这么想的。"凯斯宾说,"不知道是哪一位。匕首上没有任何线索。而且我还纳闷他是怎么死的。"

"我们该怎么为他报仇呢?"雷普奇普加了一句。

这伙人中,只有埃德蒙读过几本侦探小说,他一直在凝神思索。

"我觉得,"他说,"这件事好像有点可疑。他不可能是在战斗中丧生的。"

"为什么呢?"凯斯宾问。

"没有遗骨。"埃德蒙说,"敌人多半会拿走盔甲,把尸体留下。有谁听说过打了胜仗之后,把尸体搬走,却留下了盔甲呢?"

"也许他是被野兽咬死的。"露西猜测。

"那动物肯定很聪明,"埃德蒙说,"竟然能把人的锁子甲脱掉。"

"也许是一条龙?"凯斯宾问。

"不可能。"尤斯塔斯说,"龙做不到这点。这我是知道的。"

"好吧,不管怎么说,我们还是离开这里吧。"露西说。

自从埃德蒙提出遗骨的问题，她就不愿意再坐下来了。

"随你的便。"凯斯宾说着，站了起来，"我认为这些东西都不值得拿走。"

他们下了山，绕到湖水流入小溪的那个豁口，站在那里眺望悬崖环绕中的那一片幽深的山湖。如果天气炎热，有些人肯定就会忍不住进去洗个澡，大家还会畅饮一番。事实上，尽管天气不热，尤斯塔斯也正要弯腰用双手捧起一些水，但就在这时，雷普奇普和露西同时叫了声："看！"于是，他忘记了喝水，抬头看去。

水潭底部是用灰蓝色的大石头砌成的，水质非常清澈，底下有一座真人大小的人像，显然是金子做的。它

脸朝下趴着，双臂伸过头顶。说来也巧，就在他们打量它的时候，乌云散开，太阳露了出来，金像从头到脚都被照亮。露西觉得这是她见过的最美丽的雕像。

"嘿！"凯斯宾吹了声口哨，"这可真值得一看！不知道我们能不能把它弄出来。"

"我们可以潜到水里去搬它，陛下。"雷普奇普说。

"根本不行。"埃德蒙说，"至少，如果它真是金子——纯金——那就太重了，搬不上来。这个水潭少说也有十二或十五英尺深。不过，稍等一下。幸亏我带了一支长矛，让我们看看到底有多深吧。凯斯宾，你抓住我的手，我往水面上探出一点。"凯斯宾抓住他的手，埃德蒙探身向前，开始把长矛往水里放。

还没放到一半，露西就说："我认为这雕像不是金子做的，是光线的作用。你的长矛看上去也是金色的。"

"怎么回事？"几个声音同时问道。因为埃德蒙突然松开了长矛。

"我抓不住，"埃德蒙喘着气说，"它好像重得要命。"

"它沉在水底了。"凯斯宾说，"露西说得对，它的颜色看上去跟雕像完全一样。"

可是,埃德蒙的靴子好像出了点问题——只见他弯下腰,仔细地打量着靴子——他突然挺直身子,用几乎没有人敢违抗的尖厉声音喊道:

"退后!从水边退后。所有的人。快!!"

他们都往后退了退,惊讶地盯着他。

"看,"埃德蒙说,"看我的靴子尖。"

"好像有点发黄。"尤斯塔斯说。

"它们成了金子,纯金。"埃德蒙打断他的话,"看看它们,摸摸它们,皮革已经从上面脱落了。它们重得像铅一样。"

"阿斯兰在上!"凯斯宾说,"你难道是想说——?"

"是的。"埃德蒙说,"那水能把东西变成金子。它把长矛变成了金子,所以才那么重。刚才水花溅到了我的脚上(幸亏我不是光着脚),把靴子尖变成了金子。那个躺在水底下的可怜的家伙——嘿,你看。"

"所以,它根本就不是雕像。"露西低声说。

"对。现在一切都清楚了。他在一个大热天来到了

这里。他在悬崖顶上脱掉衣服——就是我们刚才坐的那个悬崖。衣服已经腐烂,或被鸟叼去搭窝了,盔甲还在。他潜入水中,然后就……"

"别说了。"露西说,"多么可怕的事。"

"我们真是死里逃生啊。"埃德蒙说。

"确实够悬的。"雷普奇普说,"任何人的手指,任何人的脚,任何人的胡须,任何人的尾巴,都随时可能滑进水里。"

"话虽这么说,"凯斯宾说,"我们不妨试一试。"他弯腰折了一枝石楠花,然后非常小心地跪在水潭边,把石楠花浸在水里。他浸下去的是石楠花,拿出来的却是一个纯金的石楠花模型,像铅一样沉重而柔和。

"拥有这座岛的国王,"凯斯宾语速缓慢地说,激动得满脸通红,"很快就会成为世界上最富有的国王。我宣布这片土地永远属于纳尼亚。它将被称为金水岛。我要求你们所有人都保密。不能让任何人知道这件事。甚至包括德里宁——违令者死。听见了吗?"

"你在跟谁说话?"埃德蒙问,"我不是你的臣民。

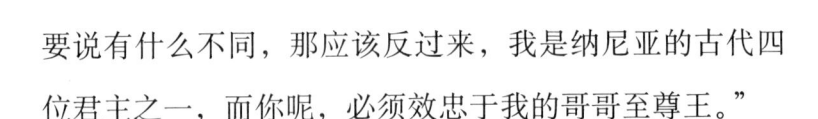

要说有什么不同，那应该反过来，我是纳尼亚的古代四位君主之一，而你呢，必须效忠于我的哥哥至尊王。"

"已经闹到这一步了，是吗，埃德蒙国王？"凯斯宾说着，把手按在了剑柄上。

"哦，别说啦，你们两个。"露西说，"跟男孩子打交道就是这点最讨厌。你们都是些狂妄、霸道的傻瓜！——"她的话音突然消失，倒抽了一口冷气。其他人也都看到了她所看到的。

在他们上方的灰色山坡上——灰色是因为石楠还没有盛开——有一头人眼所见过的最大的狮子，他没有看他们，而是无声无息地迈着缓慢的步伐，通体发光，似乎沐浴在明亮的阳光下，但实际上太阳已经落山。露西后来在描述这一幕的时候说："他有一头大象那么大。"还有一次她只是说，"他有拉车的马那么大。"其实，大小并不重要。没有人敢问那是什么。他们都知道那是阿斯兰。

他来无影去无踪，谁也看不到他的行迹。大家就像刚睡醒的人一样面面相觑。

"我们刚才说了什么？"凯斯宾问，"我是不是一直

在出丑？"

"陛下，"雷普奇普说，"这是一个遭了诅咒的地方。我们立刻回船上去吧。如果我有幸可以给这座岛命名的话，我就叫它'死水岛'。"

"我觉得这名字很好，雷普奇普，"凯斯宾说，"但现在仔细想想，我也不明白为什么。不过，天气似乎正在稳定下来。我敢说德里宁肯定想出发了。我们有多少话要告诉他啊。"

事实上，他们并没有多少话可说，因为刚才一小时的记忆已经变得十分模糊。

"几位陛下上船以后，似乎都有点儿迷迷瞪瞪。"德里宁对赖因斯说，这已是几个小时以后，"黎明踏浪"号重新起航，"死水岛"落入了地平线以下，"他们准是在那岛上遭遇了什么事情。我唯一能搞清楚的是，他们认为找到了我们要找的那些爵爷中的一位的遗体。"

"不会吧，船长。"赖因斯回答道，"嘿，那就一共三位了，还剩下四位。照这个速度，大概新年后我们就能回家了。那倒也不错。我的烟草快抽完了。晚安，先生。"

第 9 章　声音岛

　　现在，一直从西北方向吹来的风开始从正西吹来了。每天早晨，太阳在海面上冉冉升起的时候，"黎明踏浪"号弯弯的船头正好耸立在太阳的正中央。有些人认为，太阳看起来要比在纳尼亚看到的大，但也有人不同意。他们乘着柔和而稳定的海风航行，看不见鱼，看不见海鸥，看不见船，也看不见岸。船上的物资日益减少，大家心里暗暗担心，也许船驶入了一片永无尽头的海域。然而，在他们认为可以冒险继续向东航行的最后一天，就在天刚蒙蒙亮的时候，他们看见船和初升的太阳之间有一块像云一样的低矮陆地。

　　下午三点钟左右，他们驶入一个宽阔的海湾，入港

上岸。这座小岛跟他们之前看到过的那些岛屿截然不同。他们穿过沙滩时，发现周围一片寂静和空旷，似乎这是一个无人居住的岛屿，然而他们面前平坦的草坪却是那么平整漂亮，就像一栋雇了十个园丁的英国庄园的庭院一样。岛上有很多树，彼此相隔很远，地上没有折断的树枝和掉落的树叶。偶尔可以听见鸽子在咕咕叫，此外没有别的声音。

不一会儿，他们来到一条又长又直的沙土小路上，地上没有一根杂草，两边都是树木。他们远远地看见这条路的另一头有一座房子——一座很长的灰房子，在下午的阳光下，看上去静悄悄的。

他们刚走上这条小路，露西几乎立刻就发现她鞋子里有一颗小石子。在那个陌生的地方，也许更明智的做法是让其他人等着她把小石子取出来。可是，她没有，她不声不响地落在后面，坐下来脱鞋。她的鞋带打结了。

她还没有把结解开，其他人已经走出去了好远。等她把小石子取出来，再把鞋穿上时，早已听不见他们的声音了。但她几乎立刻就听到了别的声音。那声音不是从房子的方向传来的。

她听到的是一种重击声。好像有几十个身强力壮的工人用大木槌重重地砸着地面,而且声音正迅速地往这边靠近。她已经背靠一棵树坐着,但这棵树她爬不上去,所以没有别的办法可想,只能一动不动地坐着,后背紧紧贴着树干,希望别人不要看见她。

砰,砰,砰……不管那是什么东西,肯定已经离她很近了,因为她能感觉到地面在震动。可是,她什么也看不见。她想,那东西——或者那些东西——肯定在她身后。然而,就在这时,她面前的小路上传来砰的一声。她知道那东西是在小路上,不仅因为声音,还因为她看到路面的沙子散落开来,好像遭到了重击。但她看不见是什么东西击打了沙子。接着,所有的砰砰声都集中在离她二十英尺左右的地方,突然停止了。随后传来了说话声。

这真是太可怕了,因为她仍然一个人也看不见。整个公园一般的小岛,看上去还和他们刚上岸时一样寂静和空旷。然而,就在离她几英尺远的地方,一个声音在

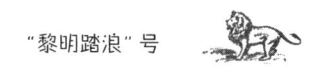

说话。他说的是：

"伙计们，现在我们的机会来了。"

其他声音立刻一齐回答说："听他说。听他说。'现在我们的机会来了。'他说。说得好，头领。你说得再对不过了。"

"我说的是，"第一个声音继续说道，"你们到岸边去，挡住他们，不让他们上小船。每个好男儿都拿上武器，在他们想从大海离开时抓住他们。"

"嗯，就这么办。"其他声音一齐喊道，"你的计划再好不过了，头领。坚持下去，头领。你不可能有比这更好的计划了。"

"那就打起精神来，伙计们，打起精神来。"第一个声音说，"我们出发吧。"

"又说对了，头领。"其他人说，"没有比这更好的命令了。我们自己也想这么说呢。我们出发。"

立刻，砰砰声又响了起来——开头很响，但很快就越来越弱，最后消失在了大海的方向。

露西知道她没有时间坐在这里琢磨那些看不见的家伙

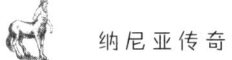

是什么。砰砰声刚一消失,她立刻站起来,拔腿就跑,在小路上拼命追赶其他人。必须不惜一切代价去提醒他们。

就在这一切发生的时候,其他人已经走到了那所房子前。这是一幢低矮的房子——只有两层,是用漂亮的大卵石砌成的,有许多窗户,墙上爬着密密的常春藤。四下里一片寂静,尤斯塔斯说:"我认为里面没有人。"凯斯宾却默默地指着从一个烟囱里冒出来的烟。

他们发现一扇大门敞开着,就穿过大门,进入一个铺着石板的院子。他们在这里第一次感觉这个小岛有些

诡异。院子的正中央有一个水泵，水泵下面有一个水桶。这倒没什么奇怪的。但是，水泵的把手在上下移动，却似乎并没有人在扳动它。

"这里有魔法在起作用。"凯斯宾说。

"机械化。"尤斯塔斯说，"我相信我们终于来到了一个文明国家。"

就在这时，满头大汗、气喘吁吁的露西，追在他们后面冲进了院子。她压低声音，把刚才听到的一切告诉了他们。他们稍微听明白一点之后，即使是最勇敢的人也显得一脸沉重。

"看不见的敌人。"凯斯宾喃喃地说，"还想阻拦我们上船。这真是一个棘手的情况。"

"你不知道他们是什么东西吗，露西？"埃德蒙问。

"埃德蒙，我根本看不见他们，又怎么能知道呢？"

"他们的脚步声听起来像人类吗？"

"我没有听到脚步声——只有说话声和那种可怕的撞击声——像是一种大木槌。"

"我真想知道，"雷普奇普说，"如果用剑刺中他们，他们是不是就能被看见了？"

"看来我们可以弄清楚。"凯斯宾说，"但我们还是从这扇门出去吧。那个水泵旁就有一个那样的家伙，在听我们说话呢。"

他们走出来回到那条小路上，那里有树，也许可以使他们不那么显眼。"这其实根本没用，"尤斯塔斯说，"想躲避你看不见的人。他们没准儿就在我们周围呢。"

"听我说，德里宁。"凯斯宾说，"如果我们索性放弃小船，走到海湾的另一边去给'黎明踏浪'号发信号，让它靠岸接我们上船，你认为怎么样？"

"对它来说水不够深，陛下。"德里宁说。

"我们可以游过去。"露西说。

"几位陛下，"雷普奇普说，"请听我说。想要通过偷偷摸摸、躲躲闪闪，避开一个看不见的敌人，那是很愚蠢的。这些家伙如果想跟我们打仗，他们肯定能打赢。不管结果如何，我宁愿和他们面对面，也不愿被他们抓住尾巴。"

"我真的认为雷普奇普这次说得对。"埃德蒙说。

"如果赖因斯和'黎明踏浪'号上的其他人看到我们在岸上打仗，"露西说，"他们肯定会想办法的。"

"但如果他们看不见敌人，就不知道我们在打仗。"尤斯塔斯发愁地说，"他们会以为我们只是对着空中舞剑，闹着玩儿。"

接着是一阵令人不安的沉默。

"好吧。"凯斯宾最后说道，"就这么干。我们必须去面对他们。跟他们轮流握握手——露西，把箭搭在弦上——其他人，都拔出剑来——现在出发。他们也许愿意谈判。"

他们排着队返回海滩时，奇怪地发现草坪和树木看上去都那么平静。到了那里，他们只看见小船还停在原来的地方，光滑的沙滩上一个人影也没有，于是，不止一个人怀疑露西说的那一切可能是她的幻觉。可是，没等他们走到沙滩上，一个声音从空中传来。

"别再往前走了，先生们，别再往前走了。"那声音说，"我们得先和你们谈谈。我们有五十多人，手里都拿着武器。"

"听他说，听他说。"那些声音一齐说，"这是我们的头领。你可以相信他的话。他说的是实话，没错。"

"我看不见这五十多位勇士。"雷普奇普说。

"说得对，说得对。"头领的声音说，"你看不见我们。为什么呢？因为我们是隐形的。"

"说下去，头领，说下去。"其他声音说，"你说话像一本教科书。他们得不到比这更好的答案了。"

"别出声，雷普。"凯斯宾说，然后提高声音说道，"你们这些隐形人，找我们有何贵干？我们做了什么，招来了你们的敌意？"

"我们想要那个小姑娘为我们做点事。"头领的声音说。（其他人附和说这正是他们自己想说的话。）

"小姑娘！"雷普奇普说，"这位女士是一位女王。"

"我们不知道什么女王。"头领的声音说，（"我们也不知道，我们也不知道。"其他声音一齐道。）"但是她能为我们做一件事。"

"什么事？"露西问。

"如果这件事有损女王陛下的荣誉或安全，"雷普奇

普跟着说道,"我们死之前能干掉的人数会多得让你吃惊。"

"好吧。"头领的声音说,"说来话长。我们要不要都坐下来?"

这个建议得到了其他声音的热烈支持,但纳尼亚人仍然站着不动。

"好吧。"头领的声音说,"是这样的。自古以来,这座岛就是一位了不起的魔法师的财产。我们都是——准确地说,我们曾经是——他的仆人。好吧,长话短说,我说的这位魔法师,他让我们做一些我们不喜欢的事。为什么不喜欢呢?因为我们不想那么做。然后,这位魔法师就大发雷霆了。我应该告诉你们,这个岛是属于他的,他不习惯有人跟他作对。要知道,他的性格特别强硬。可是,让我想想,我说到哪儿了?哦,对了,说到这位魔法师,他上了楼(你们必须知道,他把他所有的魔法用品都放在楼上,而我们都住在下面),话说,他上了楼,对我们念了个咒语。一个丑八怪咒。我认为你们看不到我们真是万幸,如果你们现在看到我们——肯定不会相信我们变丑以前是什么样子。你们真的不会相信。也就是说，我们都丑得厉害，连互相看一眼都受不了。然后，我们怎么办的呢？好，我来说说我们做了什么吧。我们一直等到这位魔法师下午睡着了，才壮着胆子悄悄爬上楼，去找他的魔法书，想看看能不能有办法对付这个丑八怪咒。可是，我们都出了很多汗，浑身发抖，所以我不会骗你。但是，信不信由你。我向你保证，我们怎么也找不到能消除丑陋的咒语。时间一分一秒地过去，我担心那位老先生随时都会醒来——我当时浑身是汗，所以不会骗你——好吧，长话短说，不管我们是做对了还是做错了，最后我们看到的是一个让人隐形的咒语。我们想，宁可自己隐身，也不愿继续做那样的丑八怪。为什么呢？因为我们更喜欢这样。话说，我的小女儿，她正是你们小姑娘的这个年纪，在变丑之前是一个甜美的孩子，虽然现在——不过，还是少说为好吧——话说，我的小女儿念了那个咒语，因为念咒的必须是一个小女孩或魔法师自己，不然就不会灵验，希望你们明白我的意思。为什么不灵验呢？因为什么也不会

发生。所以，我的克丽茜就念了咒语，我应该告诉你们，她念得特别好听，然后，我们就像你们看到的一样隐形了。我向你们保证，看不到彼此的脸真是一种解脱。至少一开始是这样。但是，长话短说吧，我们已经彻底厌倦了隐身。还有一点：我们从来没有想到这位魔法师（就是我前面跟你们说到的那位）竟然也会隐形。从那以后我们就再也没见过他。所以我们不知道他是死了、离开了、坐在楼上隐形了还是下楼来了，隐形待在楼下。相信我，听动静儿也没用，因为他总是光着脚走来走去，发出的声音跟一只猫差不多。我就跟各位先生直说了吧，我们的神经已经承受不住了。"

这就是头领的声音讲的故事，但精简了很多，我把其他声音说的话都略去了。事实上，他每说六七个词，就会被那些声音表示同意和鼓励的话打断，几个纳尼亚人很不耐烦，急得都快发疯了。终于讲完后，现场是很长一段时间的沉默。

"可是，"露西最后说，"这一切跟我们有什么关系呢？我不明白。"

"哎呀，老天保佑，我该不会漏掉了要点吧。"头领的声音说。

"漏掉了，漏掉了。"其他声音热情洋溢地吼道，"没有人能不漏掉，说得越清楚越完整越好。继续说，头领，继续说。"

"那么，我不必把整个故事再讲一遍吧。"头领的声音说。

"是的，当然不必。"凯斯宾和埃德蒙说。

"我们简单地说吧，"头领的声音说，"这么长时间来，我们一直在等待一个来自外国的漂亮小姑娘，就像你这样的小姐——她会走上楼去，拿到魔法书，找到那个能解除隐形咒的咒语，把它念出来。我们都发过誓，对第一批来到这个岛上的陌生人（我指的是他们中间有个漂亮小姑娘的，如果没有，那就另当别论），我们决不让他们活着离开，除非他们为我们做了那件必须要做的事。所以，先生们，如果你们的小姑娘不动手去干，我们就不得不忍痛割断你们所有人的喉咙了。用你们的话来说，这只是就事论事，没有冒犯的意思，我希望。"

"我没看到你们的武器。"雷普奇普说,"它们也是隐形的吗?"他的话刚一出口,他们就听到嗖的一声,接着一支矛颤悠悠地扎在了他们身后的一棵树上。

"那是一根长矛。"头领的声音说。

"说得对,头领,说得对。"其他声音说,"你说得再好不过了。"

"是从我的手里投出去的。"头领的声音继续说,"它一离开我们就能被看见了。"

"可是,你为什么要我做这件事呢?"露西问。

"为什么不能让你们自己的人去做? 你们没有小姑娘吗?"

"我们没有,我们没有。"那些声音一齐说,"我们再也不上楼了。"

"换句话说,"凯斯宾说,"你们想让这位女士去面对某种危险,却不敢让你们自己的姐妹和女儿去面对!"

"说得对,说得对。"那些声音一齐高兴地说,"你说得再好不过了。啊,你是受过教育的,没错。谁都看得出来。"

"哼，这简直无耻到了——"埃德蒙的话没说完，被露西打断了。

"我必须夜里上楼，还是白天上楼？"

"哦，白天，白天，没错。"头领的声音说，"不是夜里。没人要你那么做。摸黑上楼？哦。"

"那好吧，我愿意干。"露西说，"不，"她说，转向其他人，"不要拦着我。难道你们看不出这没有用吗？他们有几十个人呢，我们是打不过的。换一种方式也许还有机会。"

"但有个魔法师！"凯斯宾说。

"我知道。"露西说，"也许他并没有他们说的那么坏。你难道不觉得，这些人胆子不算很大吗？"

"他们肯定是不太机灵。"尤斯塔斯说。

"听我说，露西。"埃德蒙说，"我们绝对不能让你去冒这险。问问雷普吧，我相信他也会这么说。"

"但这不仅是为了救你们的命，也是为了救我自己。"露西说，"我和其他人一样，也不想被看不见的剑砍成碎片。"

"女王陛下说得对。"雷普奇普说,"如果我们有把握通过战斗保住她的性命,我们义不容辞。但我认为我们没有把握。再说啦,他们对女王陛下的要求并未损害她的荣誉,而是一种高尚而英勇的行为。如果女王的心促使她冒险去找魔法师,我是不会提出反对意见的。"

大家都知道雷普奇普从未害怕过任何东西,所以他说这话一点也不觉得尴尬,可那几个经常会害怕的男孩子却羞红了脸。尽管如此,他们也显然不得不妥协。这个决定被宣布后,那些隐形人大声欢呼起来,头领的声音(得到了所有其他声音的热烈支持)邀请纳尼亚人与他们共进晚餐并在这里过夜。尤斯塔斯不想接受,但是露西说:"我相信他们不是奸诈的人。他们根本不是那样的。"其他人都同意了。就这样,随着一阵震天动地的砰砰声,大家都返回了那座房子。当他们走进那个铺着石板、发出回音的院子时,砰砰砰的声音更响了。

第10章 魔法师的书

隐形人隆重地宴请了他们的客人。看到盘子和碟子自己上了桌,却不见有人端着它们,那场面真是很奇怪。即使它们自己平行移动——东西在看不见的手里应该是那样移动的——就已经够奇怪了,然而,它们不是。它们连蹦带跳地经过长长的餐厅。盘子跳得最高时大约有十五英尺,然后忽地落下来,在离地板大约三英尺的地方突然停住。如果盘子里是汤或炖菜,结果就惨不忍睹了。

"我开始对这些人感到非常好奇了。"尤斯塔斯小声对埃德蒙说,"你认为他们是人类吗?我觉得更像是巨型蚂蚱或巨型青蛙什么的。"

"确实很像。"埃德蒙说,"但千万不要让露西想到蚂蚱。她对昆虫不太感兴趣,尤其是个头大的。"

如果场面不是这么乱,如果谈话不是充斥着赞同的附和声,这顿饭会吃得更愉快。隐形人对一切都连连称是。事实上,他们的大多数意见都很难让人不同意,"我总是说,人饿了就喜欢吃点东西",或者"天黑了,一到夜里总是天黑",甚至"啊,你们是漂洋过海过来的。大海的水真多啊,是不是?"露西忍不住看着楼梯脚下那个黑乎乎的楼梯口——从她坐的地方能看到——心里想,第二天早晨登上楼梯后会发现什么。不过,这顿饭吃得倒是不错,有蘑菇汤、炖鸡、热腾腾的煮火腿、醋栗、红醋栗、凝乳、奶油、牛奶和蜂蜜酒。其他人都很爱喝蜂蜜酒,但尤斯塔斯后来懊悔自己喝了它。

第二天早上,露西醒来,感觉就好像要去参加考试,或者要去看牙医。那是一个美丽的早晨,蜜蜂嗡嗡地从她敞开的窗户飞进飞出,窗外的草坪看上去很像英国的某个地方。她起床穿好衣服。吃早餐时,她尽量像平常一样说话和吃东西。然后,听了头领的声音告诉她,上楼该做什么。她告别了其他人，默默地走到楼梯脚下，头也不回地开始往楼上走。

光线很明亮，这倒是一件好事。第一段楼梯顶上有一扇窗户，就在她的前面。她走在那段楼梯上时，还能听到楼下大厅里的落地大钟在嘀嗒嘀嗒地响。她走到楼梯口，不得不向左一拐，上了另一段楼梯。之后，她就再也听不到大钟的声音了。

此刻已经到了楼梯顶上。露西看了看，发现有一条又长又宽的走廊，尽头有一扇大窗户。显然，走廊贯穿了整座房子。走廊里镶着雕花的木板，铺着地毯，两边都有很多道门。她一动不动地站着，听不到老鼠吱吱叫，听不到苍蝇嗡嗡飞，也听不到窗帘的晃动，她什么也听不到——除了她自己的心跳。

"左边最后一扇门。"她自言自语道。竟然是最后一扇门，看上去有点难度。要走到那里，必须经过一个又一个房间。魔法师可能就在其中任何一个房间里——睡着了，或者醒着，或者隐形了，甚至死了。可是光这么想是没有用的。她开始往前走。地毯真厚啊，她的脚踩

上去没有任何声音。

"现在还没什么可怕的。"露西告诉自己。当然，这是一条安静的、洒满阳光的走廊。也许有点太安静了。如果门上没有涂着猩红色的奇怪标志就好了——那些扭曲复杂的图案显然蕴含着什么意思，而且可能是不好的意思。如果墙上没有挂着那些面具就更好了。它们其实并不丑——或者说没那么丑——但那些空洞洞的眼窝看上去确实很诡异。如果你不管住自己，很快就会胡思乱想，以为只要一转身，那些面具就会开始做坏事。

大约走过第六扇门之后，她第一次受到了真正的惊吓。有那么一秒钟，她几乎可以肯定，有一张胡子拉碴的邪恶的小脸从墙里冒出来，对她做了个鬼脸。她强迫自己停下来看了看。那根本不是一张脸，而是一面小镜子，大小和形状都跟她的脸差不多，顶上有头发，还有一把胡子从镜子上垂下来。因此，你照镜子时，你的脸嵌在头发和胡子中间，看上去就成了你的头发和胡子。"我刚才走过时，眼角的余光瞥见了镜子里的自己。"露西自言自语道，"就是这么回事，根本没有什么危险。"

可是她不喜欢自己的脸上有那样的头发和胡子，就继续往前走。（我不知道这"胡子镜"是干什么用的，因为我不是魔法师。）

还没有走到左边的最后一扇门，露西心里就开始纳闷，怀疑自从踏上这条走廊之后，走廊是不是变长了，怀疑这是不是房子里的魔法的一部分。不过，她终于走到了。这扇门是开着的。

这是一个很大的房间，有三个大窗户，从地板到天花板都堆满了书。露西从没见过这么多的书，有的书特别小，有的书胖墩墩的，有的书比你在教堂见过的《圣经》还要大。这些书都是皮封面的，散发出一股古老的、博学而充满魔法的气息。但是她得到的指示是，这些书她都不必理会。因为那本书，那本"魔法书"，就放在房间正中央的书桌上。她发现自己只能站着看那本书（那儿没有椅子），而且看书时只能背对着门。于是，她立刻转身去关门。

门关不上。

有些人可能不同意露西的想法，但我认为她很正确。

她说，要是能把门关上，她就不担心了，但要是不得不背对一扇开着的门，站在这样一个地方，实在是让人心里发毛。换了我也会有同样的感觉。可是她没有别的办法。

还有一件事让她非常发愁，就是那本书太厚了。头领的声音没告诉她，那个能消除隐形咒的咒语到底在书中的什么地方。她问起来时，他甚至还感到很惊讶。他希望她从头开始翻，一直翻到发现那个咒语。显然，他

从没想过用别的办法找到一本书里的内容。"但这也许要花好几天、好几个星期呢！"露西看着那本大厚书说，"我觉得好像已经在这地方待几个小时了。"

她走到书桌前，把手放在书上。手指刚一碰到书，就感到一阵刺痛，好像书里充满了电。她想把书打开，但一开始怎么也打不开。这其实是因为书被两个铅做的搭扣固定住了。她一解开搭扣，书就哗啦一下打开了。这是多么奇特的一本书啊！

里面的内容是手写的，不是印刷的。字迹清晰、工整，向下的笔画粗，向上的笔画细，字体很大，比印刷体更简洁。这笔迹太漂亮了，露西盯着看了整整一分钟，忘记了读它的内容。纸张松脆、光滑，散发着一股好闻的气味儿。在书中的空白处，在每个咒语开头的彩色大写字母周围，都画着图画。

没有扉页，也没有书名。一上来就是咒语，起初并没有什么很重要的内容。有治疗疣子（在月光下用银盆洗手）、牙痛和抽筋的方法，还有一个捕捉蜂群的咒语。那个害牙疼的人画得太逼真了，如果你盯着看很久，自己的牙齿也会疼起来。第四个咒语周围画着许多金色的蜜蜂，一时间，它们好像真的在飞舞似的。

露西简直舍不得离开第一页，可是翻到下一页，她发现内容也同样有趣。"但我必须赶紧往下翻。"她对自己说。她哗哗地翻了三十页，如果她能记得住的话，那些咒语会教她怎样找到宝藏，怎样想起被遗忘的事，怎样忘记自己想忘记的事，怎样判断别人是不是在说真话，怎样召唤（或阻止）风、雾、雪、雨和冰雹，怎样用魔法使人入睡，怎样把人的脑袋变成驴脑袋（就像可怜的伯顿遭遇的那样[①]）。她越往下读，越觉得那些图画奇妙而逼真。

接着，她翻到一页，上面的图画绚丽多彩，几乎让人忽略了它的文字。几乎——但露西还是注意到了开头的那句话。它是这么写的：一个绝对可靠的咒语，能使你变得美丽，容貌超群。露西把脸凑近书页，仔细地端详那些图画。它们刚才显得拥挤混乱，但此刻，她却发

---

① 伯顿是莎士比亚喜剧《仲夏夜之梦》中的一个人物，仙王为了报复仙后，用魔法把伯顿的脑袋变成了驴脑袋，并让仙后爱上了他。

现能把它们看得十分清楚。第一张图画上是一个女孩,站在书桌前读着一本大厚书。女孩穿的衣服跟露西一模一样。在第二张图画上,露西(因为画中的女孩就是露西自己)站在那里,大张着嘴,脸上带着一种非常可怕的表情,嘴里在哼唱或念诵着什么。在第三张图画上,她变美了,容貌超过了无数人。真奇怪啊,图画里的露西一开始看上去那么小,现在却仿佛跟露西本人一样大了。两个露西互相对视着。过了几分钟,真露西移开了目光,因为另一个露西的美让她感到眼花缭乱,尽管她仍然能从那张美丽的脸上看到和自己相似的地方。然后,那些图画纷杂而迅速地涌入她的眼帘。她看见自己坐在卡乐门一场比武大会的宝座上,世界各地的国王都为了她的美貌而战。后来,比武变成了真正的战争,国王、公爵和大领主们为了讨得她的欢心,纷纷挑起大战,纳尼亚、阿钦兰、台尔马、卡乐门、加尔马和特里宾西亚都被战火摧毁。后来,一切都变了,露西,依然带着超越无数人的美貌,回到了英国。苏珊(她一直是家里的美人儿)从美国回来了。图画上的苏珊看上去跟苏珊本

人一模一样，只是相貌变得难看了，脸上的表情有些狰狞。苏珊嫉妒露西的惊人美貌，但是这一点也不重要，因为现在没有一个人在意苏珊了。

"我要念这个咒语。"露西说，"我才不管呢，我就要念。"她说，"我才不管呢"，是因为她强烈地感觉，自己不能这么做。

可是，当她回过头去看咒语开头的文字时，在那些笔迹中间，在她确信刚才没有图画的地方，却发现一张狮子的大脸正盯着她，是那头雄狮阿斯兰。画中的狮子金灿灿的，那么耀眼，似乎正从书里向她走来。事实上，露西后来一直不敢肯定，狮子究竟有没有动。不管怎样，她太熟悉他脸上的表情了。他在咆哮，露出了大部分的牙齿。露西完全吓坏了，赶紧把这一页翻了过去。

过了一会儿，她看到一个咒语：可以让你知道朋友们对你的看法。露西刚才特别想试试另一个咒语，就是那个能把你变得美丽超群的咒语。为了弥补刚才没有说那个咒语的遗憾，她真的很想念念这个咒语。她生怕自己会改变主意，就匆匆忙忙把咒语念了出来（我绝对不会告诉你这句咒语怎么说)。然后,她就等待着结果。

可是什么反应也没有,露西就开始看那些图画。突然,她看到了自己最不想看到的一幕——图画上是一节三等车厢,里面坐着两个女生。露西一眼就认出了她们,是玛乔丽·普雷斯顿和安妮·费瑟斯通。但现在不仅是一幅画,而是真实的场景。她可以看到车窗外的电线杆呼呼闪过。然后,渐渐地(就像收音机"打开"一样),她听到了她们在说什么。

"这学期我能见到你吗?"安妮说,"或者,你还是会和露西·佩文西混在一起?"

"我不知道你说的混在一起是什么意思。"玛乔丽说。

"哦,你心里清楚。"安妮说,"上学期你被她迷住了。"

"不,我才没有呢。"玛乔丽说,"我还没糊涂到那个份上。她是个蛮不错的孩子,可是上学期还没结束,我就对她非常厌烦了。"

"哼,以后你再也不会有这个机会了!"露西喊道,"可恶的两面派。"听到自己的声音,她立刻想起,她是

在对着一幅画说话，真正的玛乔丽远在另一个世界呢。

"唉，"露西自言自语地说，"我真没想到，她是这样的人。我上学期还为她做了那么多的事情，其他女孩都不理她的时候，我还坚持跟她在一起。她明明是知道的，可她偏偏对安妮·费瑟斯通说这种话！难道我所有的朋友都是这样吗？这里还有好多别的图画。不。我不想再看了。我不看，我不看！"说着，她以极大的毅力，把这一页翻了过去，但还是有一大滴愤怒的泪水落在了上面。

在下一页，她看到了一个"提神振气"的咒语。这一页的图画比较少，但非常漂亮。露西发现，她读到的与其说是咒语，不如说是一个故事。故事写了满满三页，她还没有看完就忘记了自己是在看书。那个故事仿佛是真实的，她就生活在里面，所有的画面也都是真实的。读到第三页的末尾时，她说："这是我有生以来读过的最可爱的故事了，也将是我这辈子读过的最可爱的故事。哦，真希望我能一直读上十年。至少我要把它再读一遍。"

可就在这时，这本书的一部分魔力开始发挥作用了。

你不能往回翻。右边的书页，也就是后面的内容，可以翻开，但左边的不能。

"唉，真可惜！"露西说，"我多么想再读一遍啊。好吧，至少我必须把它记住。让我想想……它讲的是……讲的是……哦，天啊，又全部忘记了。就连这最后一页也变成了白纸。这真是一本非常古怪的书。我怎么可能忘记呢？它讲的是一只杯子、一把宝剑、一棵树和一座青山，我只知道这么多。可我就是想不起来了，怎么办呢？"

她一直没能想起来。从那天起，露西心目中的好故事，就是能让她联想起"魔法师的书"里那个被遗忘的故事。

她继续往后翻，惊讶地发现有一页根本没有图画，但上面的第一句话是"让隐形之物显露出来的咒语"。她从头到尾读了一遍，确保把所有的生僻字都念对，然后大声把咒语说了出来。她立刻就知道咒语生效了，因为话音未落，那一页顶上的大写字母就有了颜色，图画也开始在空白处出现了。就像把用隐形墨水写的东西放在火上烤，字迹就会慢慢显现出来一样。只是那颜色不像柠檬汁（这是最简易的隐形墨水）那样黯淡发黄，而是灿烂的金色、蓝色和鲜红色。那些图画都很诡异，上面有许多人物，他们的模样露西不太喜欢。接着她想："我大概是让所有的东西都显形了，不光是那些砰砰作响的人。可能还有很多隐形的东西在这里游荡。我可能并不想把它们都看一遍。"

就在这时，她听到身后的走廊里传来一阵轻柔而沉重的脚步声。当然，她记得，有人说魔法师是光着脚走路的，像猫一样，不发出任何声音。不管怎样，转过身去总比背后遭到袭击要好。露西就这么做了。

顿时，她满脸放光，在那一瞬间（当然她自己并不知道），她看上去几乎跟图画里的那个露西一样美丽了。她高兴得大叫一声，张开双臂跑上前去。因为站在门口的不是别人，正是阿斯兰，那头威武的雄狮，最至高无上的君王。他是真实的，温暖的，有血有肉的，他任由露西亲吻他，把身体埋在他那亮闪闪的鬃毛里。他身体里发出了低沉的、像地震一样的声音，露西甚至大胆地认为，他在像猫一样发出呜噜声。

"啊，阿斯兰，"她说，"你能来真是太好了。"

"我一直都在这里，"他说，"是你刚才让我显了形。"

"阿斯兰！"露西几乎有点责备地说，"不要取笑我了。就好像我有本事让你显形似的！"

"正是这样。"阿斯兰说，"难道我会不遵守自己的规则吗？"

他顿了顿，又说话了。

"孩子，"他说，"我认为你刚才在偷听。"

"偷听？"

"你偷听了你的两个同学对你的议论。"

"啊？我根本没想到那是偷听，阿斯兰。那不是魔法吗？"

"用魔法暗中窥探别人，跟用其他方式监视别人是一样的。你对你那位朋友的判断是错误的。她性格软弱，但是她爱你。她害怕那个比她大的女孩，所以说了违心的话。"

"我可能永远也忘不了她说的话了。"

"是的，确实如此。"

"哦，天哪。"露西说，"我是不是毁掉了一切？难道你的意思是，如果没有这件事，我们还会继续做朋友——做真正的好朋友——也许做一辈子的好朋友——现在我们再也做不成朋友了。"

"孩子，"阿斯兰说，"我以前不是跟你说过，没有人能知道会发生什么事吗？"

"是的，阿斯兰，你说过。"露西说，"对不起。可是求求你——"

"说下去，亲爱的。"

"能不能让我再读一遍那个故事？那个我想不起来的故事？你会讲给我听吗，阿斯兰？哦，求求你，讲吧，讲吧。"

"好的，好的，我会给你讲上许多许多年。可是现在，快走吧。我们必须见见这座房子的主人。"

第11章 笨脚怪高兴了

露西跟着狮王出门,来到走廊上,立刻看见一个老人朝他们走来。他光着脚,穿着一件红袍子,白发上戴着一顶橡树叶编的花冠,胡须一直垂到腰带上,挂着一根雕刻得奇形怪状的手杖。他看见阿斯兰,深深地鞠了一躬,说道:

"欢迎您,先生,大驾光临您最不起眼的宅第。"

"科里亚金,你是不是厌倦了管理我交给你的这些愚笨的臣民?"

"不,"魔法师说,"他们很笨,但实际上心眼并不坏。我渐渐地喜欢上这些家伙了。也许,我有时候有点不耐烦,等待着有一天可以用智慧,而不是用这种粗暴的魔

法来统治他们。"

"那是迟早的事,科里亚金。"阿斯兰说。

"是的,时机总会到来,先生。"他回答道,"您打算在他们面前露面吗?"

"不。"狮子说,发出一种类似咆哮的声音,这意思(露西想)跟大笑是一样的。"我会把他们吓得灵魂出窍。在你的臣民成熟到那个程度之前,许多星辰都会老去,来到岛屿上休息。今天太阳落山之前,我必须去看望矮人特鲁普金,他正坐在凯尔帕拉维尔的城堡里,数着他的主人凯斯宾回家的日子。我会把你的故事都告诉他,露西。不要这么一副伤心的模样。不久,我们还会见面的。"

"请问,阿斯兰,"露西说,"你说的'不久'是什么意思?"

"我把所有的时间都叫作'不久'。"阿斯兰说。他立刻消失了,留下露西和魔法师单独在一起。

"离开了!"他说,"你和我都很失望。总是这样,根本留不住他。他并不是一头被驯服的狮子。你喜欢我的书吗?"

"有些地方确实很喜欢。"露西说,"你一直知道我在那儿?"

"嗜,当然啦,我让那些笨蛋隐形的时候,就知道你不久之后会来解除魔法。我不能肯定是哪一天。今天早上我并没有特别留意。你瞧,他们把我也变成了隐形人,隐形总是让我昏昏欲睡。嗬——嘿——我又打哈欠了。你饿了吗?"

"嗯,也许有一点儿。"露西说,"我不知道现在几点了。"

"来吧。"魔法师说,"可能对阿斯兰来说,任何时候都是'不久',但在我家里,饥饿的时候总是一点钟。"

他领着露西在走廊上走了一小段,然后打开一扇门。露西走进去,发现这是一间温馨的、充满阳光和鲜花的房间。他们进来的时候,桌子上什么也没有,但这当然是一张魔法桌,老魔法师一声令下,桌布、银器、盘子、杯子和食物就都凭空出现了。

"我希望这符合你的口味。"他说,"我给你准备的食

物，希望更像你家乡的食物，而不像你最近可能吃到的那些。"

"真是太好了。"露西说，确实如此。热腾腾的煎蛋卷，冷羊肉配青豆，草莓冰激凌，饮料是柠檬汽水，饭后还有一杯巧克力。可是，魔法师自己却只喝葡萄酒，只吃面包。他的样子一点也不吓人，没过多久，露西和他就像老朋友一样聊起天来。

"咒语什么时候能生效？"露西问，"那些笨蛋会立刻显形吗？"

"哦，是的，他们现在已经显形了，但可能都还在呼呼大睡呢。他们中午总是要休息一下的。"

"现在他们显形了，你会让他们变得不再丑陋吗？你会让他们恢复以前的模样吗？"

"唉，这是一个相当微妙的问题。"魔法师说，"其实，只有他们觉得自己以前的样子很好看。他们说自己被变丑了，但我不这么认为。很多人会说这是变得好看了。"

"他们特别自以为是吗？"

"是的。至少笨蛋头领是这样，他把其他人也教成了这样。他们对他说的每句话都深信不疑。"

"我们已经注意到了。"露西说。

"是啊——从某种程度上说，没有他，我们会过得更好。当然，我可以把他变成别的东西，甚至给他施一个魔法，让他们不相信他说的任何一句话。但我不愿意那样做。他们崇拜他，总比不崇拜任何人要好。"

"他们不崇拜你吗？"露西问。

"哦，是的。"魔法师说，"他们不会崇拜我。"

"你为什么要把他们变丑——我是说，他们所说的变丑？"

"嗯，他们不肯按我吩咐的去做。他们的工作是侍弄花园和种粮食——这不是像他们以为的那样，是为了我，而是为了他们自己。如果我不逼着他们，他们什么活儿也不肯干。当然，花园是需要水的。山上大约半英里的地方有一个美丽的泉眼。从那泉眼里流出一条小溪，正好经过这座花园。我只是要求他们从小溪里取水，而不是一天两三趟提着水桶到山上的泉水边去，累得筋疲力尽，回来的路上水还洒一半。可是他们根本不明白。

最后,他们干脆就拒绝了。"

"他们难道那么笨吗?"露西问。

魔法师叹了口气说:"他们给我惹的那些麻烦,说出来你都不会相信。几个月前,他们提出要吃饭前洗盘子和刀子,说那样能节省饭后的时间。我看到他们把煮熟的土豆种进地里,挖出来之后就不用煮了。有一天,猫跑进了挤奶房,他们二十个人手忙脚乱地把牛奶都搬出去,却没有人想到要把猫弄走。不过,我看你已经吃完了。我们现在就去看看那些笨蛋吧,他们现在能被看到了。"

他们走进另一个房间,里面摆满了各种莫名其妙的、擦得锃亮的仪器——比如天体观测仪、经纬仪、计时仪、诗歌仪、唱诗仪和西奥多林仪。他们走到窗口,魔法师说:"看吧。这就是那些笨蛋。"

"我一个人也没看见。"露西说,"那些蘑菇似的东西是什么呀?"

她指的那些东西,散落在平坦的草地上。确实很像蘑菇,可是比蘑菇大多了——菇柄大约有三英尺高,菇伞的直径也差不多是三英尺。她仔细一看,发现菇柄连接的并不是菇伞的中间，而是一边，这就使他们看上去很不平衡。在每根菇柄下边的草地上，都躺着一个东西——像是一个小包裹。事实上，她越是盯着他们看，越觉得他们的样子并不像蘑菇。伞的部分不像她一开始以为的那样是圆的。他们的长度大于宽度，而且一头宽一头窄。他们的数量很多，五十都不止。

钟敲了三下。

顿时，一件特别不寻常的事情发生了。每个"蘑菇"突然颠倒过来。原来躺在菇柄下边的那个小包裹，竟然是脑袋和身体。菇柄本身是腿。但并不是每个身体有两条腿。每个身体的正下方只有一条粗粗的腿（不像独腿人的腿一样，偏在一边），腿的尽头是一只特别大的脚——脚趾很宽，微微向上翘起，样子很像一只小小的独木舟。露西打量了一会儿，就明白为什么他们看起来像蘑菇了。他们一直仰面躺着，都把自己的腿直挺挺地举在空中，让巨大的脚掌在上面伸展开来。她后来才知道，他们平常就是这样休息的，因为大脚能挡住阳光和雨水，独脚怪躺在自己的脚掌下面，差不多就跟躺在帐

篷里一样舒服。

"哦,太好玩了,太好玩了。"露西喊道,大声笑了起来,"是你把他们变成那样的吗?"

"是的,是的。我把那些笨蛋变成了独脚怪。"魔法师说。他也在笑,笑得眼泪在脸上流淌。"但是你仔细看。"他又说。

确实值得一看。当然啦,这些单脚的小人儿不能像我们一样走路或跑步。他们只能跳来跳去,就像跳蚤或者青蛙。他们跳得可真高啊! 好像每只大脚都是一堆弹

簧。他们以强大的弹跳力落地，昨天让露西感到迷惑不解的砰砰声，其实就是这么来的。现在，他们朝四面八方跳去，互相嚷嚷着："嘿，伙计们！我们又能看见了。"

"我们能看得见了。"一个戴红色流苏帽的小人儿说，显然，他就是独脚怪的头领，"我想说的是，当人们能看得见的时候，他们就能互相看见了。"

"啊，没错，没错，头领。"其他人大声叫道，"说得对啊。没有人比你头脑更清醒了。你说得再清楚不过了。"

"她逮住了老头儿打盹儿的机会，那个小姑娘。"独脚怪头领说，"我们这次把老头儿打败了。"

"这正是我们自己想说的话。"大家齐声附和道，"你今天比什么时候都厉害，头领。继续说，继续说。"

"可是，他们竟然敢这样说你吗？"露西说，"他们昨天好像很害怕你。难道他们不知道你可能在听吗？"

"这就是笨蛋们的一个滑稽之处。"魔法师说，"前一分钟，他们口口声声说着，好像我掌控一切，什么都能听见，非常危险。下一分钟，他们就以为能用小孩子都看得穿的把戏来骗过我——祝福他们吧！"

"必须把他们变回原来的样子吗?"露西问,"啊,真希望让他们保持现在的样子,这样不是不善良吧。他们真的很介意吗?他们看上去很开心呢。瞧——他们跳得多欢。他们以前是什么样子?"

"普通的矮人。"他说,"当然,没有你们纳尼亚的矮人乖巧。"

"把他们变回去太可惜了。"露西说,"他们多有趣啊,而且也很乖巧。你说,如果我把这话告诉他们,会起到什么作用吗?"

"我相信会起作用的——如果你能让他们明白的话。"

"你愿意和我一起去试试吗?"

"不,不。没有我,你会顺利得多。"

"非常感谢你的午餐。"说着,露西就转身离开了。她跑下楼梯——那天早上上楼时,她曾是那么忐忑不安——结果在楼梯脚下,她跟埃德蒙撞了个满怀。其他人也都在那儿等待着,露西看到他们焦急的脸,意识到自己把他们忘到脑后这么久,心里不由得一阵自责。

"没事了。"她喊道,"一切都很顺利。魔法师是个热心人——而且我还见到了他——阿斯兰。"

说完，她一阵风似的离开他们，出门跑到了花园里。这时，独脚怪的蹦跳震得大地都在颤抖，空气中回荡着他们的喊叫声。一看见她，他们的蹦跳声和喊叫声更响了。

"她来了，她来了。"他们喊道，"为小姑娘欢呼三声吧。啊！她把那个老绅士给骗过了，没错。"

"我们感到非常遗憾，"独脚怪的头领说，"不能让你愉快地看到我们变丑之前的样子，你简直不会相信差别有多大，真的不骗你，不可否认，我们现在真的是丑八怪，我们不会骗你。"

"嗯，一点不错，头领，一点不错。"其他人一边附和着，一边蹦蹦跳跳，就像许多玩具气球一样，"你说得对，你说得对。"

"可是，我认为你们一点也不丑。"露西说，大喊着让他们听见，"我觉得你们的样子很好看。"

"听她说，听她说。"独脚怪们说，"你说得对，小姐。我们的样子很好看。你找不到比我们更漂亮的人。"他们

说这话时，一点也不惊讶，似乎没有注意到自己已经改变了想法。

"她说的是，"独脚怪的头领说，"我们在变丑之前是很好看的。"

"说得对啊，头领，说得对。"其他人一迭声儿地说，"她就是那么说的。我们也听到了。"

"我没有那么说。"露西嚷道，"我是说，你们现在很好看。"

"她说了，她说了，"独脚怪的头领说，"她说我们当时很好看。"

"听听他俩，听听他们俩。"独脚怪们说，"两人都说得对。从来都正确。他们说得再好不过了。"

"可是我们说的正好相反。"露西一边说，一边不耐烦地跺着脚。

"对啊，对啊，没错。"独脚怪们说，"没有什么比相反更好。继续说下去，你们两个。"

"你们简直要把人逼疯了。"露西说，只好作罢了。但是独脚怪们看上去很满意，因此露西认为，这次谈话总的来说是成功的。

那天晚上，在大家上床睡觉之前，又发生了一件事，让他们对自己独腿的状况更满意了。凯斯宾和所有纳尼亚人都尽快回到岸边，把消息告诉赖因斯和"黎明踏浪"号上的其他人，他们现在都急坏了。当然啦，独脚怪们也跟着去了，像足球一样蹦蹦跳跳，大声附和着对方的话，直到尤斯塔斯说："我真希望，魔法师不是让他们隐形，而是让他们隐声。"（他很快就后悔自己说了这话，因为他必须解释，隐声的意思是对方听不到你的声音。虽然他磨破了嘴皮子，但觉得独脚怪们似乎并没有真的听懂，特别让他感到恼火的是，他们最后竟然说："嗯，他讲事情不如我们的头领讲得清楚。但是你会学到的，年轻人。听他说。他会告诉你怎么说话。你面前站着一位演说家呢！"）他们来到海湾时，雷普奇普想出了一个绝妙的主意。他把他的小筏子放进水里，坐在里面划来划去，独脚怪们的兴趣被完全吸引了过去。然后，他在小筏子上站起来说道："可敬而聪明的独脚怪们，你们不需要船。你们每人都有一只管用的脚。在水面上轻轻地

跳，越轻越好，看看会发生什么。"

独脚怪的头领留在后面，警告其他人说，他们会发现水势很凶猛，但一两个年轻的家伙几乎立刻就做了尝试。接着，又有几个人跟着他们学，最后，所有的人都到水里去了。效果非常棒。独脚怪粗壮的单腿，就像一只天然的小筏子或小船。雷普奇普教他们怎么制作简易船桨，然后，他们就都在海湾和"黎明踏浪"号周围划来划去，看上去活像一支小独木舟组成的舰队，每个独木舟的尾端都站着一个胖胖的矮人。他们还举行了比赛，几瓶葡萄酒从大船上放下去，作为送给他们的奖品。水手们俯身站在船舷上，笑得肚子都疼了。

笨蛋们对"独脚怪"这个新名字也很满意，觉得这是一个很气派的名字，尽管他们从来没有把它念对过。"我们的名字是，"他们吼道，"独脚杆，大脚怪，平脚怪。反正我们的名字就在我们嘴边上。"可是，他们很快就把现在的名字跟原来的名字"笨蛋"搞混了，最后只好决定叫自己"笨脚怪"。在接下来的几个世纪，人们可能都会这么称呼他们。

那天晚上，纳尼亚人都在楼上和魔法师共进晚餐。露西发现，整个楼上现在完全变了样儿，她不再感到害怕了。门上那些神秘的标志仍然很神秘，但现在看起来似乎有着善良和明朗的含义，就连那个胡子镜也显得滑稽，而不是可怕了。饭桌上，每个人都通过魔法得到了最喜欢的食物和饮料。吃过饭后，魔法师表演了一个非常实用和漂亮的魔术。他把两张空白的羊皮纸铺在桌上，请德里宁把他们到目前为止的航行情况准确地告诉他。德里宁说话时，他所描述的一切都清清楚楚地出现在了羊皮纸上，最后，每张纸都变成了一幅精美的东海地图，上面画出了加尔马、特里宾西亚、七群岛、孤独群岛、龙岛、火烧岛、死水岛，以及这座笨蛋岛，尺寸和位置都十分精确。这是第一批描绘这片海域的地图，比后来那些不用魔法绘制的地图都好。因为在这两幅地图上，虽然一眼看去，城镇和山脉跟普通地图上的没什么两样，可是当魔法师借给他们一个放大镜后，他们就看到地图上是一些微缩的图画，栩栩如生地描绘了真实的事物，因此能清楚地看到狭港镇的城堡、贩奴集市和大街小巷，虽然非常遥远，但十分清晰，就像从望远镜的另一头看过去一样。唯一的缺点是，大多数岛屿的海岸线不完整，因为地图上只显示德里宁亲眼看到过的东西。地图完成后，魔法师自己留下一张，把另一张送给了凯斯宾。直到今天，这张地图还在凯尔帕拉维尔，挂在他的仪器收藏室里呢。至于再往东去的海洋或陆地的情况，魔法师就没法告诉他们了。不过他对他们说，大约七年前，有一条纳尼亚的船进入过他的水域，当时船上有雷维廉、阿尔戈兹、马弗拉蒙和罗普爵爷。他们由此断定，先前看见躺在死水里的那个金人一定是雷斯蒂玛爵爷。

第二天，魔法师用魔法修好了"黎明踏浪"号被海蛇损坏的船尾，还在船上装了许多实用的礼物。大家非常友好地告了别，然后，"黎明踏浪"号在下午两点钟起航，所有笨脚怪都划着桨，送到港口，大声欢呼，直到船上再也听不见他们的声音。

第12章 黑暗岛

经历这次冒险之后,他们乘着一股顺风,向南微微偏东,航行了十二天。天空多半是晴朗的,空气温暖,看不见鸟,也看不见鱼,只有一次看见鲸鱼在离右舷很远的地方喷水。这次,露西和雷普奇普下了不少棋。到了第十三天,埃德蒙在战斗桅楼上发现,左舷船头的海面上冒出一个东西,像是一座黑乎乎的大山。

他们改变航向,向这片陆地驶去,主要是靠划桨,因为风向不利于船往东北航行。夜幕降临的时候,离那里还有很远,他们整整划了一夜。第二天早晨,天气晴朗,但一丝风也没有。那团黑乎乎的东西就在前面,比之前近得多,也大得多,但还是很模糊,有些人认为还离得很远，有些人则认为船正在驶入一团浓雾。

那天早上九点钟左右，它突然近在咫尺，他们才发现这不是陆地，也不是一般意义上的雾。它是一团黑暗。很难形容，但如果你想象自己盯着一条铁路隧道的入口——隧道要么很长，要么曲曲折折，看不到远处尽头的亮光——你就会明白那是什么样子。你知道那是什么感觉。你能看到几英尺开外的铁轨、枕木和碎石，都在明亮的光线下；然后，到了某个地方，它们会进入黄昏中；再然后，很突然地，当然也并没有鲜明的分界线，它们就会彻底消失在浓得化不开的黑暗中了。眼下就是这种情形。在船头前面几英尺的地方，可以看见碧绿的海水在涌动。再往外看，海水看上去发白、发灰，像在傍晚一样。可是再往前看，就是一片漆黑，仿佛来到了没有月亮和星星的黑夜的边缘。

凯斯宾大声叫水手长停船，接着，除了划桨的人，大家都冲到船头去看。然而不管怎么睁大眼睛，还是什么也看不见。他们身后是大海和阳光，前面却是黑暗。

"我们要进去吗？"凯斯宾最后问道。

"我建议不要。"德里宁说。

"船长说得对。"几个水手说。

"我差不多也这么认为。"埃德蒙说。

露西和尤斯塔斯没有说话,但对于事情即将出现的转机,他们暗自感到高兴。可是突然,雷普奇普清亮的嗓音打破了沉默。

"为什么不进去?"他说,"有人能给我解释一下吗?"

没有人急于解释,于是雷普奇普继续说:

"如果我是在对农民或奴隶说话,"他说,"可能会认为这个建议是出于胆怯。不过,我希望纳尼亚永远不会说,一群高贵的王室成员,都正值盛年,就因为害怕黑暗而掉头逃跑。"

"可是在那片黑暗中瞎闯有什么用呢?"德里宁问。

"有什么用?"雷普奇普说,"船长,有什么用?如果你说的'有用'是指填饱肚子或塞满钱包,我承认,这是完全没有用的。据我所知,我们扬帆远航,并不是为了寻找有用的东西,而是为了追求荣誉和奇遇。这是我听说过的最伟大的一次冒险,如果掉头返回,我们的荣誉会受到不小的指责。"

几个水手压低嗓门，说了几句话，听起来似乎是"去他的荣誉吧"，可是凯斯宾说：

"哦，真讨厌，雷普奇普。我简直后悔没有把你留在家里。好吧！既然你那样说，我想，我们只能继续前进了。除非露西不愿意？"

露西觉得自己真心不愿意，但大声说出来的却是："我愿意"。

"陛下至少会吩咐点灯吧？"德里宁说。

"那还用说。"凯斯宾说，"务必办好，船长。"

于是，船尾、船头和桅顶上的三盏灯都亮了起来，德里宁下令在船的中部点燃两个火把。它们在阳光下显得苍白而微弱。然后，除了留几个人在下面划桨，所有的男人都奉命来到甲板上，全副武装，手执宝剑，站在各自的战斗岗位上。露西和两名弓箭手站在战斗桅楼上，弯弓拉箭，一触即发。赖尼夫拿着绳索站在船头，准备探测水深。雷普奇普、埃德蒙、尤斯塔斯和凯斯宾穿着亮闪闪的盔甲，跟他站在一起。德里宁掌舵。

"好,以阿斯兰的名义,前进!"凯斯宾叫道,"缓慢而稳定地划桨。每个人都保持沉默,竖起耳朵听候命令。"

随着一阵吱嘎声和呻吟声,人们开始划桨,"黎明踏浪"号悄悄地向前驶去。露西站在高高的战斗桅楼上,看到了船驶入黑暗那一刻的奇妙景象。阳光还没有离开船尾,船头已经不见了。露西眼看着它消失。前一分钟,镀金的船尾、蓝色的大海和天空,都在明亮的日光下;后一分钟,大海和天空就消失了,船尾的那盏灯——刚

才几乎不引人注意——成了唯一能照出船尾在哪里的亮光。她看见灯的前面有个黑影，那是德里宁蹲在舵柄前。在她的下方，两个火把照亮了甲板上的两小块地方，火光在宝剑和头盔上闪烁。往前看去，艏楼上也亮着一盏孤灯。除此之外，她头顶上方的那盏桅顶灯，照亮了战斗桅楼，桅楼似乎是一个独立的、发光的小世界，漂浮在孤寂的黑暗中。而那些灯光本身，就像在一天中不该点灯的时候出现的灯光一样，看上去既诡异又不自然。她还注意到自己全身发冷。

这样的黑暗航行持续了多久，没有人知道。除了桨架的吱嘎声和桨叶的溅水声，根本感觉不到他们在移动。埃德蒙站在船头眺望，却只能看见灯笼在眼前水面上的倒影，那倒影看上去油腻腻的。船头前进时激起的波浪，显得那么沉重和微弱，毫无生气。随着时间的过去，除了划桨的人，大家都开始冷得发抖。

突然，不知从什么地方——此时大家的方向感都不太清楚——传来一声喊叫，要么是某个非人的声音，要么是某人在极度恐惧之下，几乎失去了正常人声的声音。

凯斯宾努力地想说话——他嘴里太干了——就听见雷普奇普尖厉的声音，在这样的寂静中，这声音听上去比平时更高亢。

"是谁在叫？"雷普奇普喊道，"如果你是敌人，我们可不怕你，如果你是朋友，你的敌人将领教我们的厉害。"

"行行好！"那声音叫道，"行行好！哪怕你只是一个梦，也请发发慈悲吧。带我上船。带我走，就算杀了我也行。但是，看在仁慈的分上，求求你不要消失，不要把我留在这个可怕的地方。"

"你在哪儿？"凯斯宾喊道，"欢迎你上船。"

又传来一声喊叫，不知是高兴还是害怕，接下来，他们知道有人正朝他们游来。

"伙计们，准备好，把他抬上来。"凯斯宾说。

"是，是，陛下。"水手们说。几个人拿着绳子挤到左舷墙上，其中一人把身子远远探出船舷，手里举着火把。黑黢黢的水面上出现了一张野蛮而惨白的脸，经过一番挣扎和拉扯，十几只友好的手终于把陌生人拉上了船。

埃德蒙觉得，从来没见过比他更野蛮的人。虽然他看上去不是很老，但一头白发乱蓬蓬的，脸庞瘦削而憔悴，身上只有几块湿淋淋的碎布条。但是，最引人注意的是他那双眼睛，睁得那么大，好像根本没有眼皮，就那样直勾勾地瞪着，似乎充满了极度的恐惧。他两脚一踏上甲板，就说：

"逃！快逃！开着你的船逃吧！划，划，拼命地划，离开这片被诅咒的海岸。"

"你冷静点，"雷普奇普说，"告诉我们，到底有什么危险。我们不习惯逃跑。"

听到老鼠的声音，陌生人吓了一跳，他刚才没有留意这只老鼠。

"不管怎样，你们都要从这里逃走。"他喘着气说，"在这座岛上，梦会变成现实。"

"这就是我寻找了很久的岛啊。"一个水手说，"我想，如果我们在这儿上岸，我就会发现自己跟南茜结婚了。"

"我会发现汤姆还活着。"另一个水手说。

"傻瓜！"那人跺着脚，气呼呼地说，"我就是听了这种话，才到这儿来的，我倒宁可自己被淹死，或者索性没有出生呢。你们听到我的话了吗？在这里，梦——你做的梦，知道吗，会变成真的，会变成现实。不是白日梦，而是梦。"

接着是大约半分钟的沉默，然后，盔甲发出一片嘈杂的巨响，所有的船员都以最快的速度，跌跌撞撞地奔下主舱口，冲过去操起船桨，以从未有过的劲头没命地划了起来。德里宁把舵柄转了一圈，水手长喊出了海上前所未有的最快的划桨节奏。因为在短短半分钟里，大家就想起了自己做过的某些梦——那些让你害怕再次入睡的梦——而且他们意识到，踏上一个梦能变成现实的岛屿，那将意味着什么。

只有雷普奇普不为所动。

"陛下，陛下，"他说，"你难道就容忍这种叛乱，这种懦夫行为吗？这是一场恐慌，一场溃败。"

"划，快划。"凯斯宾吼道，"为了我们所有人的生命安全。船头的位置对吗，德里宁？你爱说什么都行，雷普奇普。有些事情是没有人敢于面对的。"

"那么，我很幸运，没有成为人。"雷普奇普说着，僵硬地鞠了一躬。

露西在高处听到了这一切。刹那间，她自己曾经做过、曾经拼命想忘记的一个梦，又清晰地出现在她的脑海里，仿佛她刚从那个梦中醒来。原来，在他们身后，在那座岛上，在那片黑暗中，竟是那样的梦境！一时间，她真想跑到下面的甲板上，跟埃德蒙和凯斯宾在一起。但这有什么用呢？如果梦真的变成了现实，当她走到埃德蒙和凯斯宾身边时，他们可能也会变成恐怖的东西。她紧紧抓住战斗桅楼的栏杆，稳住身体。他们拼命地把船划回亮处，再过几秒钟就没事了。然而，哦，如果现在就没事了该多好！

划桨的声音很大，但还是无法掩盖船周围的那一片死寂。

每个人都知道，最好不要去听，不要竖起耳朵，不要捕捉黑暗中传来的任何声音。但每个人都忍不住听了。很快，大家都听到了一些东西。每个人听到的东西都不一样。

"你听到声音了吗……像一把巨大的剪刀在一开一合……就在那儿？"尤斯塔斯问赖尼夫。

"嘘！"赖尼夫说，"我能听见他们正往船舷上爬呢。"

"它要停在桅杆上了。"凯斯宾说。

"啊！"一个水手说，"开始敲锣了。我知道会这样。"

凯斯宾尽量什么也不看（特别是不要一直往身后看），他朝船尾的德里宁走去。

"德里宁。"他压低声音说，"我们划进来用了多长时间？——我是说划到捞起那个陌生人的地方。"

"大概五分钟吧。"德里宁小声说，"怎么啦？"

"因为我们划出去已经用了不止五分钟。"

德里宁握住舵柄的手在颤抖，脸上流下了冷汗。船上的每个人都产生了同样的想法。"我们永远出不去了，永远出不去了。"划桨的人哀叹道，"他引错了航向。我们在原地不停地打转转。我们永远出不去了。"那个陌生人一直蜷缩着，躺在甲板上，此刻坐起来，发出一阵恐怖而刺耳的怪笑。

"永远出不去！"他大声嚷道，"就是这样。没错。

我们永远也出不去了。我真傻啊，竟然以为他们会那样轻易地放我走。不，不，我们永远也出不去了。"

露西把头靠在战斗桅楼的边缘，低声说道："阿斯兰，阿斯兰，如果你曾经爱过我们，现在就请给我们帮助吧。"黑暗并没有减少，但她开始感到有一点——非常、非常小的一点——好转了。"毕竟，我们还没有真的遭遇什么事情。"她想。

"看！"赖尼夫在船头声音嘶哑地喊道。前面有一个小小的光点，就在他们注视的当儿，光点射出一个宽宽的光柱，照在船上。它没有改变周围的黑暗，但整条船似乎被探照灯照亮了一样。凯斯宾眨了几下眼睛，环顾四周，只见同伴们的脸上都带着狂乱而凝固的表情。每个人都盯着同一个方向，每个人的身后都拖着一个黑色的、轮廓分明的影子。

露西顺着那道光柱望去，立刻发现里面有东西。开始时，像是一个十字架，然后像是一架飞机，再然后像是一个风筝，最后随着翅膀呼呼扇动，它一下子飞到了头顶上，原来是一只信天翁。它绕着桅杆转了三圈，然后在船头那只镀金龙的头顶上停了片刻。它用一种洪亮而悦耳的声音大喊，好像在说着什么，可是谁也听不懂。接着，它展开翅膀，升了上去，慢慢地往前飞，微微有点偏右。德里宁掌舵追随它，相信它引导着正确的方向。但是除了露西以外，谁也不知道它绕着桅杆盘旋时，曾对着露西轻声耳语："勇敢点，亲爱的。"露西相信，那正是阿斯兰的声音，随着那声音，还有一股香甜的气息扑面而来。

不一会儿，前面的黑暗变成了灰色，然后，他们还没敢燃起希望的火苗，船就冲进了阳光里，又回到了那个温暖的蓝色世界。立刻，大家都意识到，没有什么可害怕的了，根本就没有发生恐怖的事。他们眨了眨眼睛，环顾四周。他们惊愕地发现，船亮得出奇。他们本来还以为刚才在黑暗中，白色、绿色和金色的船身上会沾染一些污垢或浮渣。于是，大家一个接一个地放声大笑。

"我看我们成大傻瓜了。"赖尼夫说。

露西立刻跑到下面的甲板上，发现其他人都围在那个陌生人身边。他高兴极了，很长时间说不出话来，只

是痴痴地望着大海和太阳，抚摸着舷墙和绳索，似乎要确定自己真的醒着，泪水顺着他的脸颊滚落下来。

"谢谢你们救了我。"他终于说道，"把我从……但我不想谈那个了。现在，请让我知道你们是谁。我是纳尼亚的台尔马人，在我还有点身份的时候，人们称呼我为罗普爵爷。"

"我是凯斯宾，"凯斯宾说，"是纳尼亚的国王，我漂洋过海而来，寻找你和你的同伴，你们曾是我父亲的朋友。"

罗普爵爷双膝跪地，亲吻国王的手。"陛下，"他说，"您是这个世界上我最想见到的人啊。请给我一个赏赐吧。"

"什么赏赐？"凯斯宾问。

"永远不要把我送回那里。"他指着船尾的方向说。他们都往那儿看去。然而，他们只看到湛蓝色的大海和蔚蓝色的天空。黑暗岛和那片黑暗已经永远消失了。

"哎呀，"罗普爵爷叫道，"你们把它摧毁了！"

"我认为不是我们。"露西说。

"陛下，"德里宁说，"这股风正适合往东南方向航行。我要不要把那些可怜的伙伴都叫上来，扬帆起航？

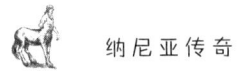

然后，所有能腾出身来的人都躺在吊床上睡一觉。"

"好啊，"凯斯宾说，"把美酒都拿出来吧。哟——嗨，我觉得我能睡上整整一天。"

于是，整个下午，他们都兴高采烈地乘着顺风，朝东南方向航行。然而，谁也没有注意到，那只信天翁是什么时候消失的。

第13章 三个沉睡的人

风一直没有停,但风力一天比一天弱,最后波浪成了微微的涟漪。船一小时又一小时地滑行着,几乎就像在平静的湖面上航行。每天晚上,他们都看见东方升起一些新的星座,是纳尼亚人从来没有见过的;或许也是,露西又高兴又害怕地想,活人从来没有见过的。那些新的星星又大又亮,夜晚变得很温暖。他们多半都睡在甲板上,一直聊到深夜,或者倚靠在船沿上,注视着船头,看溅起的泡沫在星光下起舞。

在一个美妙的傍晚,他们身后出现一大片深红色和紫色的晚霞,无比绚丽,天空似乎也变得更开阔了。这时,他们看见右前方有一片陆地,慢慢地越来越近。他们身后的晚霞，把这片新陆地的海角和海岬都映照得像在燃烧一样。很快，他们就沿着它的海岸航行了。这时，西边的那个海岬赫然出现在了船尾，在红色天空的映衬下，显得黑黢黢的，轮廓锋利，仿佛是用硬纸板剪出来的。接着，他们更清楚地看到了这座岛的样貌。岛上没有高山，只有许多平缓的山丘，坡度就像枕头一样。岛上还散发出一股诱人的气味——用露西的话说，是"一种朦朦胧胧的紫色气味"，埃德蒙说（赖因斯也这么想）是腐烂的气味，凯斯宾却说："我明白你的意思。"

他们航行了很长时间，经过一个又一个地点，希望找到一个合适的深水港，最后不得不在一个宽阔的浅水湾里靠岸。海面虽然看上去一平如镜，但沙滩上还有海浪拍打，他们没法把"黎明踏浪"号驶入一个满意的位置。于是，他们在离海滩很远的地方抛锚，然后坐着小船，摇摇晃晃地上岸，浑身都被打湿了。罗普公爵留在"黎明踏浪"号上。他不想再看到岛屿了。他们待在这个岛上的时候，耳边一直响着悠长的波涛拍岸声。

凯斯宾留下两个人看守小船，领着其他人往岛上走

去，但走得并不远，因为时间已晚，天很快就要黑了，不适合探路。也没有必要为了寻求冒险而走得太远。海湾前面的那片平坦的山谷，没有道路，没有小径，也没有任何有人居住的痕迹。脚下是松软的草皮，到处点缀着一些低矮的灌木，埃德蒙和露西以为是石楠。尤斯塔斯对植物学十分精通，说并不是石楠。他也许说得对，但这多半是跟石楠差不多的东西。

他们刚走了不到一箭远，德里宁就说："瞧！那是什么？"大家都停住了脚步。

"是大树吗？"凯斯宾问。

"我认为是塔。"尤斯塔斯说。

"可能是巨人。"埃德蒙压低声音说。

"要想知道答案，就直接走到它们中间去。"雷普奇普说着，拔出宝剑，啪嗒啪嗒地走在了大家前面。

"我认为是一片废墟。"露西说，这时候他们已经走得很近了，她的猜测是目前为止最正确的。他们现在看到的是一块宽阔的长方形空地，地面铺着光滑的石板，四周是灰色的柱子，但是没有屋顶。从空地的一头到另一头，放着一张长长的桌子，桌上铺着一块深红色的桌布，几乎一直垂到石板地上。桌子两边有许多雕刻华丽的石椅，座位上还有丝绸坐垫。桌子上摆放着吃食，丰盛的程度简直前所未见，就连至尊王彼得在凯尔帕拉维尔的宫廷里也没有这样奢华。有火鸡、鹅和孔雀，有野猪头和一扇扇鹿肉，有馅饼——形状像扬帆航行的船或者像龙和大象，有冰布丁、红艳艳的龙虾和闪闪发光的大马哈鱼，还有坚果和葡萄，菠萝和桃子，石榴、西瓜和西红柿。桌上还放着金的、银的和做工奇特的玻璃器皿。果香和酒香扑面而来，仿佛在承诺着所有的幸福。

"哎呀！"露西说。

他们越走越近，四下里一片安静。

"可是客人们在哪儿呢？"尤斯塔斯问。

"我们可以充当，阁下。"赖因斯说。

"看！"埃德蒙厉声说。他们这时已经走在柱子之间，正站在石板地上。大家都朝埃德蒙指的地方望去。那些椅子并不都是空的。在桌子顶端和左右两个座位上，有一样东西——准确地说，是三样东西。

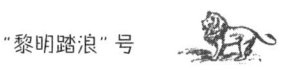

"那些是什么呀?"露西悄声问,"像是三只河狸坐在桌子上。"

"或者是一个大鸟窝。"埃德蒙说。

"我觉得更像一个干草堆。"凯斯宾说。

雷普奇普跑上前,腾地跳上一把椅子,又腾地跳到桌子上,然后顺着桌子往前跑,像舞蹈家一样,灵巧地左躲右闪,在镶宝石的杯子、堆积成山的水果和象牙盐瓶之间穿梭。他一直跑到桌子尽头那团灰乎乎的神秘东西跟前,看了看,摸了摸,然后大声喊道:

"我认为这些家伙不会打仗。"

现在大家都走近了,看见坐在那三把椅子里的是三个男人,如果不凑近细看,很难认出他们是男人。他们的头发是灰色的,长得盖过了眼睛,几乎把脸也遮住了。他们的胡子在桌面上生长,四处盘绕,缠在盘子和高脚杯上,就像荆棘缠在篱笆上一样。最后,所有的头发都拧成乱糟糟的一大团,从桌边上垂下来,落在地上。他们的头发从头上垂到椅背上,把他们完完全全遮挡住了。事实上,这三个男人几乎全身都是头发。

"死了?"凯斯宾说。

"我认为没有,陛下。"雷普奇普说着,用两个爪子抓住一只手,从乱糟糟的头发中拎起来,"这个人还热乎的,脉搏还在跳动。"

"这个也是,还有这个。"德里宁说。

"嘿,他们只是睡着了。"尤斯塔斯说。

"他们睡得真够久的,"埃德蒙说,"让头发长得这样长。"

"这一定是中了魔法的睡眠。"露西说,"我们一登上这座岛，我就觉得它充满了魔法。哦！你们说，我们到这里来，是不是就为了打破魔法？"

"可以试试。"凯斯宾说着，开始摇晃离他最近的那个沉睡者。一时间，大家都以为他就要成功了，因为那人喘着粗气，喃喃地说："我再也不往东了。划桨去纳尼亚。"可是，他几乎立刻又沉下去，陷入了比刚才更深的睡眠，也就是说，他沉甸甸的脑袋又朝桌子耷拉下几英寸，所有想把他叫醒的努力都白费了。第二个人的反应也差不多。"我们不是生来就像动物一样活着。趁你还有机会，到东边去吧——在太阳后面登陆。"说完，又沉了下去。第三个人只说了一句："请把芥末递给我。"然后，就陷入沉睡。

"划桨去纳尼亚，嗯？"德里宁说。

"是啊，"凯斯宾说，"你说得对，德里宁。我想我们的寻找到此为止了。看看他们的戒指。没错，是他们的款式。这位是雷维廉爵爷，这位是阿尔戈兹爵爷，这位是马弗拉蒙爵爷。"

"可是我们叫不醒他们。"露西说，"怎么办呢？"

"请几位陛下原谅,"赖因斯说,"你们讨论的时候,何不开始大快朵颐呢? 这样的盛宴,可不是每天都能碰上的啊。"

"一辈子都碰不上!"凯斯宾说。

"说得对,说得对。"几个水手说。

"这里的魔法太厉害了。我们越早回到船上越好。"

"毫无疑问,"雷普奇普说,"这三位爵爷就是吃了这些东西,才一下子沉睡了七年。"

"为了保命,我可不敢碰它。"德里宁说。

"真是光阴如箭啊。"赖尼夫说。

"回船上去,回船上去吧。"人们嘟囔道。

"我真的认为,"埃德蒙说,"他们说得对。我们明天再决定如何安置这三个沉睡者吧。我们不敢吃这些食物,在这里过夜也就没有意义了。这地方整个都散发着魔法——和危险的气息。"

"对于船上的全体人员来说,"雷普奇普说,"我完全赞成埃德蒙国王的意见。但我自己要坐在这张桌旁,直到天明。"

"为什么？"尤斯塔斯说。

"因为，"老鼠说，"这是一次伟大的奇遇，在我看来，如果回到纳尼亚后，知道自己因为害怕而留下了一个谜，那才是最可怕的。"

"我陪着你，雷普。"埃德蒙说。

"我也留下。"凯斯宾说。

"还有我。"露西说。然后，尤斯塔斯也主动提出留下。这对他来说非常勇敢，因为在加入"黎明踏浪"号之前，他从来没在书里读过这种事情，甚至连听都没听说过，这使他比其他人更恐惧。

"我恳请陛下——"德里宁开口道。

"不，大人。"凯斯宾说，"你的岗位是在船上，而且你已经工作了一天，我们五个人却一直闲着。"两人为此争执了很久，最后还是凯斯宾占了上风。暮色渐浓，船员们朝岸边走去，五个人目送着他们的背影，心头忍不住泛起一丝寒意，也许只有雷普奇普除外。

他们花了一些时间，在这张危险的桌子旁挑选座位。也许每个人的理由都一样，但谁也没有说出口。因为这确实是一个十分艰难的选择。要在那三个毛茸茸的可怕怪物旁边坐一整夜，简直无法忍受。他们即使没有死，也不是一般意义上的活着。另外，如果坐在那一头，随着夜色越来越黑，你会越来越看不清他们，也就不知道他们是否在动，也许到了凌晨两点钟左右，你就根本看不见他们了——不，这简直不能想象。他们在桌子旁转来转去，嘴里说着："这儿怎么样？"或"也许再坐远一点"，或"为什么不坐在这一边呢？"最后，他们在桌子中间的某个地方坐了下来，比起桌子的另一头，他们更靠近那几个沉睡者。现在大约十点钟，天几乎全黑了。那些奇怪的新星座在东边灼灼发光。如果它们是豹子星座、船星座和纳尼亚上空的其他老朋友，露西会更喜欢。

他们把自己裹在航海斗篷里，静静地坐着，等待着。起初，他们还试着聊聊天，但总是三言两语就结束了。他们就那样干坐着，耳边一直听到海浪拍打沙滩的声音。

过了几个小时，感觉仿佛过了好几个世纪，突然，他们都知道自己刚才打了个盹儿，但一下子又都清醒了。那些星星的位置都变了，跟他们上次看到时截然不同。

天空一片漆黑，只有东方有极淡的一点点灰色。他们又冷又渴，身体发僵。他们谁也不说话，因为终于有事情发生了。

在他们面前，在那些柱子后面，有一座低矮的山坡。这时，半山腰上的一扇门开了，门口出现了亮光，一个人影走了出来，身后的门又关上了。人影手里拿着一盏灯，那盏灯是他们唯一能看清楚的东西。它慢慢地越来越近，最后就站在了他们对面的桌子旁。这时，他们才看清，那是一个高个子姑娘，穿着一件青白色长袍，露着胳膊。她没有戴帽子，一头金黄的头发垂在后背。他们呆呆地望着她，觉得这时才知道什么叫美人儿。

她手里拿着的那盏灯是一支长蜡烛，插在一个银烛台上，此刻，她把烛台放在桌上。如果前半夜海上刮过风，现在一定已经平息了，因为蜡烛的火苗稳稳地、静静地燃烧着，仿佛是在一个房间里，窗户都关着，窗帘也拉得严严实实。桌上的金银器皿被烛光照得闪闪发亮。

这时，露西发现桌上横放着一样东西，是她之前没留意到的。那是一把石刀，像钢一样锋利，看上去古色古香，透着杀气。

谁也没有说话。然后——先是雷普奇普，接着是凯斯宾——大家都站了起来，因为觉得她是一位贵妇人。

"远道而来的游客，既然光临阿斯兰的餐桌。"姑娘说，"为什么不吃不喝呢？"

"女士，"凯斯宾说，"我们不敢碰这些食物，我们认为它使我们的朋友中了魔法，陷入沉睡。"

"他们一口也没有尝过。"她说。

"请问，"露西说，"他们是怎么了？"

"七年前，"姑娘说，"他们乘船来到这里，船帆破破烂烂，木头都快散架了。同行的还有几个水手。他们走到这张桌子旁边时，其中一个说：'这真是个好地方。我们不要再扬帆、收帆，不要再划桨，就坐在这里，平静地安度余生吧！'第二个说：'不，让我们重新起航，向着纳尼亚和西方航行吧。也许米拉兹已经死了。'而第三个是一个非常强势的人，他跳起来说：'不，说真的。我们是男子汉，是台尔马人，不是野人。除了寻求一次又一次的冒险，我们还应该做什么？反正我们也没有多久

可活了。我们就用剩下的有限时光,去寻找太阳后面那个无人居住的世界吧。'他们争吵的时候,他一把抓起放在桌上的这把石刀,想跟同伴们打斗。但是他不该碰这个东西。他的手指刚握住刀柄,三个人就都陷入了沉睡。除非魔咒解除,否则他们永远也不会醒来。"

"这把石刀是什么?"尤斯塔斯问。

"你们谁也不知道吗?"姑娘说。

"我——我想,"露西说,"我好像见过类似的东西。很久以前,白女巫在石桌上杀死阿斯兰时用的那把刀,跟这把刀很像。"

"就是同一把。"姑娘说,"它被带到这里,留作永远的纪念。"

埃德蒙在刚才几分钟里显得越来越不自在,此刻他开口了。

"听着,"他说,"我希望我不是一个懦夫——我是指吃不吃这些东西——而且我可以肯定我不是故意无礼。但是我们这次航行经历了许多稀奇古怪的事。事情并不总是像表面上看到的那样。当我看着你的脸的时候,不由得会相信你说的一切，但这种情形也可能发生在一个女巫身上。我们怎么能知道你是朋友呢？"

"你们不会知道的，"姑娘说，"只能选择相信或不相信。"

停顿一会儿之后，只听雷普奇普小声说话了。

"陛下，"他对凯斯宾说，"请您从那个酒壶里给我斟上一杯吧。这酒壶太大了，我拿不动。我要为这位女士干杯。"

凯斯宾照做了，老鼠站在桌上，用两只小爪子捧着一只金杯，说道："女士，祝您健康。"然后就开始吃冷孔雀肉。不一会儿，大家都跟着吃了起来。大家都饿坏了，这顿饭，也许不是你想要的凌晨的早餐，但作为夜宵还是很不错的。

"它为什么叫阿斯兰的桌子呢？"过了一会儿，露西问道。

"是他吩咐放在这里的，"姑娘说，"招待那些远道而来的人。有人把这座岛称作'世界的尽头'，尽管你们可以继续往前航行，但这里是尽头的开始。"

"可是食物是怎么保存的呢？"务实的尤斯塔斯问道。

"每天都被吃掉，然后换上新的。"姑娘说，"你们会看到的。"

"我们该拿这几个沉睡者怎么办？"凯斯宾问，"在我的朋友们来的那个世界里（说着，他朝尤斯塔斯和佩文西兄妹点了点头），流传着一个故事，讲的是一位王子或国王来到一座城堡，里面所有人都中了魔法，陷入沉睡。在那个故事里，只有他亲吻公主才能解除魔法。"

"可是这里不一样。"姑娘说，"在这里，只有解除了魔法，才能亲吻公主。"

"那么，"凯斯宾说，"以阿斯兰的名义，请立刻告诉我该怎样行动。"

"我父亲会教你的。"女孩说。

"你父亲！"大家异口同声地说，"他是谁？在哪儿？"

"看。"女孩说着转过身，指着山坡上的那扇门。现在他们看得更清楚了，因为在他们说话的时候，星光变得暗淡，东方灰色的天空中出现了大片大片的白光。

第14章 世界尽头的起点

门又慢慢地打开了,从里面走出一个身影,和姑娘一样高挑挺拔,但不像她那么苗条。那个身影没有拿灯,但自身似乎散发着光亮。那身影走近时,露西看出,那似乎是一位老人。银白色的胡须一直垂到没有穿鞋的脚面上,银白色的头发一直垂到脚后跟上,身上的长袍好像是银羊毛做成的。他看上去那么温和而严肃,航行者们又都站了起来,默默伫立。

然而,老人并没有对航行者们说话,他走过来,站在桌子的另一边,看着女儿。然后,两人都举起双臂,面朝东方。他们保持那样的姿势,开始唱歌。我希望能把那首歌写下来,可是在场的人都没能记住。露西后来

说，歌声高亢，几乎有些尖厉，但非常动听，是一种带着寒意的歌，一种凌晨的歌。他们唱着唱着，东方天空上的灰云慢慢散去，那一片片白光越来越大，最后整个天空都变成了白色，海面上开始闪烁银光。过了很长一段时间（两人一直在歌唱），东方开始变红，最后，在万里无云的天际，太阳从海面升起来，长长的光束斜照在桌子上，照在金银器皿上，照在那把石刀上。

之前，这些纳尼亚人曾有一两次猜想，从这些海洋里升起的太阳，看上去是不是比家乡的大。现在他们确定了，这是毫无疑问的。它照在露珠和桌子上的光芒，也远远超过了他们见过的所有明亮的晨光。后来，埃德蒙说："虽然那次旅行中发生了很多事情，听起来更惊心动魄，但那一刻才是最令人激动的。"因为他们知道，自己真的来到了世界尽头的起点。

这时，从冉冉升起的太阳的中心，似乎有什么东西正朝他们飞来。当然，他们不能一直盯着那个方向看。不一会儿，空中就充满了声音——那些声音跟贵妇人和她父亲一起歌唱，但声调要狂野得多，而且用的是一种没有人能听懂的语言。不一会儿，人们就看到了这些声音的主人，是一群白色的大鸟，有成千上万只，落在各种东西上：草地上，石板地上，桌子上，人们的肩膀上、手上和头上，看上去就像刚下过一场鹅毛大雪。因为它们像雪一样，不仅把一切染成白色，还让万物变得轮廓模糊和圆润。露西的身边全是大鸟，她从鸟翅膀间的缝隙望出去，看见一只鸟飞到老人身旁，鸟嘴里叼着一个东西，像是一个小小的水果，也或许是一个燃烧的小煤核，因为它太亮了，无法直视。大鸟把它放进老人的嘴里。

顿时，鸟儿们停止了歌唱，似乎在桌上忙碌开了。当它们再次飞起来时，桌上所有能吃能喝的东西都消失了。这些成千上万的鸟，在吃饱喝足之后飞起来，带走了所有不能吃不能喝的东西，比如骨头、外皮和果壳，飞回到初升的太阳那里。现在它们不再唱歌，翅膀扇动的呼呼声似乎震得整个空气都在颤动。桌子被它们啄得干干净净，什么也不剩，那三位纳尼亚老爵爷还在呼呼大睡。

终于，老人转过身来，向远航者表示欢迎。

"先生，"凯斯宾说，"你能否告诉我们，怎样解除这三位纳尼亚爵爷身上的沉睡魔咒？"

"我很乐意告诉你，我的孩子。"老人说，"要打破这个魔咒，必须航行到世界尽头，或者尽可能地靠近那儿，而且必须在返回时把至少一个同伴留在那里。"

"那个人会怎么样呢？"雷普奇普问。

"他必须一直往东去，永不返回这个世界。"

"这正是我内心渴望的。"雷普奇普说。

"我们现在靠近世界尽头了吗，先生？"凯斯宾问，"从这里再往东去的那些海洋和陆地，你是否了解呢？"

"我很久以前看见过它们，"老人说，"不过是从很高的地方。至于水手需要知道的事情，我无可奉告。"

"你是说你在空中飞行？"尤斯塔斯脱口问道。

"我曾在空中十分遥远的地方，我的孩子。"老人回答说，"我是拉曼杜。但是，我看到你们面面相觑，似乎没听过这个名字。这也难怪，因为早在你们认识这个世界之前，我作为一颗星星的日子就已经结束了，所有的星座都变了样子。"

"天哪。"埃德蒙压低声音说，"他是一颗退隐的星星。"

"你不再是颗星星了吗？"露西问。

"我是一颗正在休息的星星，我的孩子。"拉曼杜回答道，"当我最后一次值守时，我已经衰老到你们无法想象的程度了。我被带到了这个岛上。现在，我已不像当时那么衰老了。每天早晨，都有一只鸟从太阳的山谷里给我叼来一颗火浆果。每吃下一颗火浆果，我就会减

轻一点年龄。当我变得像刚出生一天的孩子一样年幼时，就会再次升空（因为我们是在地球的东端），再次踏出伟大的舞步。"

"在我们的世界里，"尤斯塔斯说，"星星是一个巨大的燃烧气体球。"

"我的孩子，即使在你们的世界里，那也不是一颗星星的本质，而是它的成分。在这个世界里，你们已经遇见过一颗星星，我想你们一定见过科里亚金吧。"

"他也是一颗退隐的星星吗？"露西问。

"嗯，不完全一样。"拉曼杜说，"他被派去管理那些笨蛋，那不算是一种休息，可以称之为一种惩罚吧。如果没出差错，他本可以在南方冬天的天空中再闪耀几千年。"

"他做了什么呢，先生？"凯斯宾问。

"我的孩子，"拉曼杜说，"你这个亚当的儿子，不应该知道星星会犯的错。不过，算了，说这些话是在浪费时间。你们下定决心了吗？你们要继续往东航行，然后返回，留下一个人不再回来，以此打破那个魔咒吗？还是决定向西航行？"

"陛下,"雷普奇普说,"这应该是毫无疑问的吧?把这三位爵爷从魔咒中解救出来,显然也是我们的任务之一呀。"

"我也是这么认为的,雷普奇普。"凯斯宾回答道,"即使不为了这个,如果不让'黎明踏浪'号带我们尽量靠近世界尽头,我也会感到伤心。但是,我为船员们着想。他们签约是为了寻找七位爵爷,而不是到达地球的边缘。如果我们从这里往东航行,就能找到边缘,达到世界的最东端。谁也不知道它究竟有多远。他们都是很勇敢的人,但是我看到一些迹象,他们中的一些人已经厌倦了航行,渴望能掉转船头,返回纳尼亚。我认为,我不应该在他们不知情和不同意的情况下,带他们继续往前。还有可怜的罗普爵爷。他已经彻底崩溃了。"

"我的孩子,"拉曼杜说,"即使你愿意,但带着不情愿或被欺骗的人去往世界尽头,也是徒劳无益。解除魔咒的壮举不是这样实现的。必须让他们知道此行要去哪里,为了什么目的。不过,你说的这位彻底崩溃的人是谁呢?"

凯斯宾把罗普爵爷的故事告诉了拉曼杜。

"我可以给他最需要的东西。"拉曼杜说,"在这座岛上,有着充分的、没有任何限制的睡眠,在沉睡中不会听到哪怕最轻微的脚步声。就让他坐在这三个人旁边,喝下忘忧酒,直到你们返回吧。"

"哦,就这么办吧,凯斯宾。"露西说,"我相信,他正巴不得这样。"

就在这时,他们的谈话被许多脚步声和说话声打断了,德里宁和船上的其他人正在走来。他们看见拉曼杜和他的女儿,惊讶得停住了脚步。接着,因为这两个人显然身份显赫,他们都脱帽致意。有几个水手打量着桌上的空盘子和空酒瓶,表情有些遗憾。

"先生,"国王对德里宁说,"请派两个人返回'黎明踏浪'号,给罗普爵爷送个口信。告诉他,他的最后几位老伙伴都在这里沉睡呢——是一场没有梦的睡眠——告诉他,他可以和他们一起睡。"

吩咐完这件事情,凯斯宾招呼大家坐下,把整个情况告诉了他们。他讲完后,大家沉默了很长时间,有些人在窃窃私语。不一会儿，主弓箭手站了起来，说道：

"陛下，我们有些人早就想问的一个问题是，当我们想返回时，不管是在这里还是在别的地方掉转航向，怎么能够顺利回到家乡呢？这一路上刮的都是西风和西北风，只偶尔风平浪静。如果这情形不改变的话，我想知道，我们有什么希望再见到纳尼亚。如果我们一路划桨回去，物资也不可能维持那么长时间。"

"这是陆地人的说法。"德里宁说，"在这一带海域，整个夏末都盛行西风，新年之后，风向总会发生变化。到时候，我们会有充足的顺风向西航行，据说还会嫌风太多呢。"

"这是事实，船长。"一个加尔马老水手说，"在一月和二月，狂风暴雨会从东部席卷而来。陛下，恕我直言，如果是我指挥这条船，我倾向于在这里过冬，三月再起程回家。"

"你们在这里过冬的时候吃什么呢？"尤斯塔斯问。

"这张桌子，"拉曼杜说，"每天日落时分都会摆满一桌国王的盛宴。"

"这还差不多!"几个水手说。

"各位陛下,先生们,女士们,"赖尼夫说,"我只想说一件事。我们这些人没有一个是被逼着踏上这趟航程的。我们都是自愿的。有些人现在直勾勾地盯着桌子,心里想着国王的盛宴,但是我们从凯尔帕拉维尔起航的那天,这些人高门大嗓地谈论着冒险,发誓说不找到世界尽头就不回家。还有一些人站在码头上,愿意放弃一切跟我们去远航。在'黎明踏浪'号上谋得一个伙计的差事,比系着一条骑士腰带还要风光呢。我不知道你能不能理解我说的意思。我的意思是,像我们这样远航的家伙,如果回到家里,说我们到了世界尽头的起点,却没有勇气再往前走了,那我们一定显得很蠢——跟那些笨蛋没什么两样了。"

一些水手听了大声欢呼,但也有人说这没什么。

"这件事可不怎么太妙。"埃德蒙小声对凯斯宾说,"如果这些家伙有一半都不敢前进,可怎么办呢?"

"等等。"凯斯宾小声回答道,"我还有一张牌可以打。"

"你不想说点什么吗,雷普奇普?"露西小声说。

"没有。陛下为何有此期待呢？"雷普奇普用大多数人都能听见的声音说，"我自己的计划已经定了。我乘着'黎明踏浪'号尽力向东航行。如果它沉了，我就坐着我的小筏子向东划。如果小筏子沉了，我就用四只爪子向东游。当我游不动的时候，如果还没有到达阿斯兰的国土，也没有被某个大瀑布击中，从世界的边缘跌落，那么我就会沉下去，鼻子对着日出的方向，而佩比齐克就会成为纳尼亚会说话的老鼠的首领。"

"听啊，听啊，"一个水手说，"我也会这么说，除了小筏子那段，那里面可容不下我。"他又压低声音说，"我怎么也不想被一只老鼠比下去。"

这时，凯斯宾一跃而起。"朋友们，"他说，"我认为你们没有完全明白我们的目的。听你们说话的口气，就好像我们脱下帽子来找你们，求你们一起上船似的。根本不是这样。我们和我们的王室兄妹，以及他们的亲戚，还有忠诚的骑士雷普奇普爵士，和德里宁大人，都肩负着一个使命，要奔赴世界的边缘。我们很愿意从你们当中挑选出我们认为无愧于如此崇高事业的人。我们并没

有说谁想来就可以来。因此，我们现在要命令德里宁大人和赖因斯先生仔细斟酌一下，你们当中哪些人作战最顽强，哪些人是最熟练的水手，哪些人血统最纯正，哪些人对我们最忠诚，哪些人的生活和行为最检点。把他们的名字列在一张表上给我们。"他顿了顿，加快语速接着说道，"阿斯兰威武！"他激动地喊道，"你们以为看到世界尽头的特权，是轻松就能得到的吗？是啊，每一个跟我们一起远航的人，都将把'黎明踏浪'号的头衔传给他的子孙后代，当我们返航到达凯尔帕拉维尔时，他将得到丰厚的黄金和土地，足够他一辈子荣华富贵。现在——你们都分散到岛上去。半小时后，我会收到德里宁大人给我的名单。"

一阵尴尬的沉默之后，水手们鞠躬离开，有人朝这边走，有人朝那边走，但大多三三两两聚在一起，小声议论。

"现在轮到罗普爵爷了。"凯斯宾说。

他把目光转向桌子那头，发现罗普已经在那儿了。刚才大家讨论时，他就不声不响地过来，在阿尔戈兹爵爷旁边坐了下来，谁也没有注意到他。拉曼杜的女儿站在他身旁，似乎刚扶他在椅子上坐好。拉曼杜站在他身后，双手放在罗普白发苍苍的脑袋上。即使在大白天，星星的双手也放射出微弱的银光。罗普憔悴的脸上露出了笑容。他把一只手伸向露西，把另一只手伸向凯斯宾。有那么一会儿，他似乎想说些什么。接着，他的笑容变得灿烂，似乎正在体验一种美妙的感觉，他的双唇间发出一声心满意足的长叹，脑袋向前一倒，睡着了。

"可怜的罗普。"露西说，"我真高兴。他一定经历了很多痛苦。"

"还是别想了。"尤斯塔斯说。

与此同时，凯斯宾的那番话，也许还加上岛上的某种魔法，正在获得他想要的效果。本来许多人都迫不及待地要离开这次航行，现在，对于被排除在外有了完全不同的感觉。当然，每当一个水手宣布自己决定申请出海时，那些还没有表态的人就觉得剩下的人越来越少，心里越来越不自在。所以不到半个小时，就有几个人巴结地向德里宁和赖因斯"拍马屁"（至少在我们学校是这

么说的），想得到一个好的评价。很快，就只剩下三个不愿意去的人，这三个人正拼命地劝说其他人留下来。又过了一会儿，就只剩下一个了。最后，那人开始害怕自己一个人被留下来，也改变了主意。

半个小时过后，大家成群结队地返回阿斯兰的桌子，站在桌子的一头，德里宁和赖因斯走过去，跟凯斯宾坐在一起，汇报情况。凯斯宾接受了所有的水手，除了那个最后才改变主意的人。他的名字叫皮滕克林，当其他人出海寻找世界尽头的时候，他一直待在星星岛上，非常后悔自己没有跟他们一起去。他不是那种喜欢跟拉曼杜和拉曼杜的女儿聊天的人（他们也没兴趣跟他说话），而且天经常下雨，虽然每天晚上桌上都有丰盛的宴席，但他却食之无味。他说，独自坐在桌旁（多半还下着雨），而那四位爵爷却在桌子另一头沉睡，这让他感到心里直发毛。后来，其他人回来了，他觉得自己成了局外人，就在返航经过孤独群岛时离船而去，在卡乐门生活下来。他在那里讲了许多在世界尽头冒险的精彩故事，最后，他自己都开始相信它们是真的了。所以你可以说，他也算是从此过上了幸福的生活。但是他怎么也不能忍受老鼠。

那天夜里,柱子之间的那张大桌子上,又神奇地摆出了丰盛的宴席,大家都坐在桌旁尽情地吃喝。第二天早晨,就在那些大鸟飞来又飞走时,"黎明踏浪"号再一次扬帆起航。

"女士,"凯斯宾说,"等我解除了魔咒,我希望能再次与你畅谈。"拉曼杜的女儿望着他,笑了。

第15章 尽头海的奇观

离开拉曼杜的岛屿后不久,他们觉得一下子就航行到了世界的另一边。一切完全变了样子。首先,他们都发现自己需要的睡眠减少了。他们不想睡觉,不想吃太多东西,甚至不想说话,除非把声音压得很低。还有光线,太亮了。每天早上升起的太阳,看上去是平常大小的两倍或者三倍。每天清晨(这使露西产生了最奇怪的感觉),那些白色的大鸟用人类的嗓音、用谁也听不懂的语言唱着歌,在他们的头顶上掠过,消失在船尾,飞到阿斯兰的桌上去吃早餐。片刻之后,它们又飞回来,消失在东方。

"海水多么清澈啊!"第二天下午,露西倚靠在左舷上自言自语。

纳尼亚传奇

确实如此。她首先注意到的是一个黑色的小东西，大约有鞋子那么大，前进的速度和大船一样。一时间，露西以为是什么东西浮在海面上。这时，一小块不新鲜的面包在水上漂过，是厨师刚从厨房扔出来的。眼看面包就要撞上那个黑色的东西了，然而没有。面包从上面漂过去了，露西看清了，那黑色的东西不可能浮在水面上。接着，那黑色的东西突然变大了很多，片刻之后，又缩回了原来的大小。

露西知道，她曾在别的什么地方见过类似的事——她多么希望能记得是在哪儿。她用一只手捂着脑袋，皱紧眉头，伸出舌头，拼命地回忆。她终于想起来了。当然！这就像一个阳光明媚的日子里，你在火车上看到的情形一样。你看见火车车厢的黑色影子在田野上奔跑，速度跟火车一样。然后，火车驶入一段路堑，黑影立刻升上来，向你逼近，变得很大，飞一般地掠过路堤的草丛。接着火车驶出了路堑，于是——呼啦！——黑影又恢复了原来的大小，在田野上飞奔。

"这是我们的影子！——是'黎明踏浪'号的影子。"

露西说,"我们的影子在海底奔跑。影子变大的时候,是在翻过一座山。但如果那样的话,海水一定比我想象的还要清澈! 天哪,我肯定是看见海底了,很深、很深的海底。"

话一出口,她立刻意识到,刚才一直看在眼里(却没有注意)的那一大片辽阔的银色,其实是海底的沙子,各种或明或暗的色块,其实并不是海面的光与影,而是海底真实的物体。比如,现在他们正掠过一片微微泛着紫色的绿地,绿地中间有一条蜿蜒曲折的、宽宽的浅灰色带子。现在,她知道那是海底,就看得更清楚了。她看到一些黑乎乎的东西比别的东西高出许多,并且在轻轻地摇晃。"就像风中的树。"露西说,"我相信它们就是树。这是一片海底森林。"

船继续往前开,不一会儿,那条浅灰色带子就跟另一条浅灰色带子交会了。"如果我在那下面,"露西想,"那带子就像一条穿过树林的小路。它和另一条带子连接的地方就是十字路口。哦,真希望我在那下面啊。喂!森林快到尽头了。我真的相信那带子就是一条路! 我仍然能看到它穿过开阔的沙地。它的颜色不一样了。边缘用什么东西做了标记——像是虚线。也许是石头。现在它变宽了。"

其实不是变宽了,而是越来越近了。她意识到这一点,是因为船的影子突然朝她扑了过来。而那条路——现在她相信那就是一条路——开始变得弯弯曲曲。显然它正在爬上一座陡峭的山坡。当她侧着头向后看时,眼前的情景就像从山顶上看着下面一条蜿蜒的盘山路。她甚至能看见阳光穿过幽深的海水,照在树木繁茂的山谷里——在极度遥远的地方,一切都消融在一片朦胧的绿色中。但有些地方——被阳光照到的地方,她想——却是深蓝色的。

然而,她不能花太多时间往后看,前面出现的景象太让人兴奋了。那条路显然已到达山顶,笔直地向前延伸。路面上跳动着斑驳的小点。突然,一幕最奇妙的景象出现在眼前,幸运的是,它完全被阳光笼罩——准确地说,是被穿透了幽深海水的阳光所笼罩。它疙里疙瘩,参差不齐,颜色像珍珠,也或许像象牙。露西几乎就在

它的正上方，一开始几乎辨不清那是什么。接着，她发现了它的影子，于是一切都变得清楚了。阳光正照在露西的肩膀上，那东西的影子铺展在它后面的沙滩上。通过它的形状，露西清楚地看到，那是塔楼、尖塔、角亭和圆顶的影子。

"哎呀！——这是一座城市，或一座巨大的城堡。"露西自言自语地说，"可是为什么要把它建在一座高山的顶上呢？"

很久以后，当她回到英国，跟埃德蒙谈起这些冒险经历时，他们想到一个理由，我可以肯定那是对的。在大海里，你越往深处走，就越黑暗和寒冷，在那黑暗、寒冷的大海深处，生活着一些危险的东西——乌贼、海蛇和海怪。山谷是荒凉而险恶的地方。海底居民对这些山谷的感觉，就像我们对深山老林的感觉一样，而他们对山的感觉，就像我们对幽幽山谷的感觉一样。在高处（用我们的话说是"在浅水区"）才会有温暖和安宁。海洋中的莽撞猎人和勇敢骑士到海底深处去探险和冒险，回到高处的家里，得到休息和安宁，参加社交和集会，运动，跳舞，唱歌。

他们经过这座城市，海床还在上升。现在离船底只有几百英尺了。那条路已经消失。在他们下面，是一片开阔的、公园一般的乡村，点缀着一簇簇色彩鲜艳的花草树木。接着——露西差点儿激动得尖叫起来——她看见了人。

那些人有十五到二十个，都骑在海马上——不是你在博物馆里看到的那种小海马，而是大得多的马。露西想，他们一定是身份高贵的人，因为几个人的额头上闪烁着金光，肩膀上有祖母绿或橘黄色的饰带，随着水流飘动。然后，"哦，这些讨厌的鱼！"露西说，因为有一大群胖乎乎的小鱼儿游过来，离水面很近，挡在她和海底居民之间。这虽然妨碍了她的视线，却引出了一件最有趣的事情。

突然，一条她从来没见过的凶猛小鱼从水底蹿上来，一口叼住一条肥鱼，又迅速地沉了下去。那些海底居民都骑在马上，抬头注视着这一幕。他们似乎在说说笑笑。不等那条捕猎的鱼带着猎物回到他们身边，又有一条同样的鱼从海底居民那里蹿上来。露西差不多可以肯定，是那个骑着海马的大个子海底居民，把它派出来或放出来的，他似乎一直把它抓在手心里或手腕上。

"哎呀，我敢说，"露西说，"这是一支狩猎队。更准确地说，是一支鹰猎队。是的，没错。他们手腕上带着这些凶猛的小鱼，骑马出来打猎，就像我们很久以前在凯尔帕拉维尔当国王和女王时，手腕上栖着猎鹰，骑马出去打猎一样。然后他们把小鱼放飞——我想应该说放它们游上来——扑向其他的鱼。"

她突然停住话头，因为场景正在变化。海底居民已经发现了"黎明踏浪"号。鱼群四散逃窜，海底居民也上来了，想弄清这个挡在他们和太阳之间的大黑家伙是什么。现在，他们离水面很近了，如果不是在水里，而是在空中，露西就可以跟他们说话了。他们有男有女，都戴着某种冠状头饰，许多人还戴着珍珠项链。他们没穿别的衣服，身体是古老的象牙色，头发是深紫色。国王位于正中间（任何人都能看出他就是国王），倨傲而凶狠地盯着露西的脸，手里抖动着一支长矛。他身边的骑士们也一样。那些女士满脸惊讶。露西觉得他们肯定从来没有见过船，也没有见过人类——他们怎么会看见呢？这是世界尽头之外的海域，从来就没有船抵达过。

"你在盯着看什么呢，露西？"一个声音在她身边说。

露西正全神贯注地看着眼前的景象，听到这声音，她吓了一跳。她转过身，发现自己的胳膊因为在栏杆上倚靠了那么久，已经"麻木"了。德里宁和埃德蒙站在她身旁。

"看。"她说。

他们俩都看了看，但德里宁几乎立刻就低声说：

"两位陛下，赶快转过身——对，背对着大海。不要显出我们在谈论重要事情的样子。"

"怎么了，怎么了？"露西一边照办，一边问道。

"可不能让水手们看到这一切。"德里宁说，"那些男人说不定会爱上海底女郎，或者爱上整个海底世界，纵身跳进海里。我以前听说，陌生海域发生过这种事。看到这些人总是不吉利的。"

"但我们以前认识他们呀。"露西说，"当年，在凯尔帕拉维尔的时候，我哥哥彼得还是至尊王，他们浮出水面，在我们的加冕典礼上唱歌。"

"我想那肯定是另外一种，露西。"埃德蒙说，"它们既能生活在水里，也能生活在露天。我认为这些人不能。看他们的架势，如果他们有那个能力，早就浮出水面攻击我们了。他们的样子很凶猛。"

"不管怎样——"德里宁说，但就在这时，突然听到两个声音。一个是"扑通"声。另一个是从战斗桅楼传来的喊叫声："有人落水了！"顿时，大家都忙乱开了。几个水手急忙跑到桅顶去收帆，其他人匆匆跑到船底去

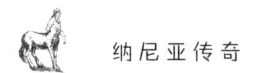

拿桨。赖因斯正在船尾值班,他使劲地把舵转过来,回到那个落水的人身边。但这时大家都知道了,准确地说,那并不是人,而是雷普奇普。

"该死的老鼠!"德里宁说,"他比船上其他所有人加起来还要麻烦。真是哪儿有麻烦事,他就往哪儿钻!应该给它戴上镣铐——绑在船底——扔到荒岛——剪掉他的胡子。谁能看见那个小讨厌鬼吗?"

其实,这并不是说德里宁真的不喜欢雷普奇普。恰恰相反,他非常喜欢他,总是为他提心吊胆,而这又使他脾气暴躁——就像你跑到马路上差点被汽车撞到,你妈妈会比陌生人生气得多。当然啦,谁也不担心雷普奇普会被淹死,因为他是个游泳高手。但是,那三个知道海底情况的人,害怕海底居民手中那些凶残的长矛。

几分钟后,"黎明踏浪"号掉转回来,大家都看见了水里的那个黑点——雷普奇普。他兴奋极了,吱吱地说着什么,可是他嘴里不停地灌满了水,没有人听得清他在说什么。

"如果我们不让他闭嘴,他会把整件事情都说出来

的。"德里宁叫道。为了防止这种情况,他冲到船边,亲自放下一根绳子,大声对水手们喊道:"好了,好了。回到你们的位置上去。我希望我不用别人帮忙,也能把老鼠捞起来。"雷普奇普顺着绳子往上爬,动作不太灵活,因为皮毛浸湿了,他身子发沉 —— 德里宁俯下身,对他耳语:

"不许说。一个字也不许说。"

可是,当湿淋淋的老鼠回到甲板上时,他却表现得对海底居民没有丝毫的兴趣的样子。

"甜啊!"他吱吱地叫道,"真甜,真甜!"

"你在说什么呀?"德里宁生气地问,"而且,你犯不着把浑身的水都抖到我身上。"

"我告诉你,水是甜的。"老鼠说,"又甜,又新鲜,不含盐。"

一时间,谁也没有意识到这件事有多么重要。接着,雷普奇普又把那个古老的预言说了一遍:

……

在海水变得甜美的地方,

雷普奇普，不要彷徨，

……

那就是最遥远的东方。

大家终于恍然大悟。

"给我一个桶，赖尼夫。"德里宁说。

桶递到他手里，他把它沉到水里又拎上来。里面的水像玻璃一样，亮闪闪的。

"也许陛下愿意先尝一尝。"德里宁对凯斯宾说。

国王双手捧起水桶，举到嘴边，抿了一口，又深深喝了一口，然后抬起头。他的脸色完全变了。不仅他的眼睛亮了，而且整个人都焕发着光芒。

"是的，"他说，"水是甜的。这才是真正的水。不知道它会不会把我毒死。不过，即使我之前知道有这样的死法，我也会选择它。"

"你这是什么意思？"埃德蒙问。

"它——它比任何东西都更像光。"凯斯宾说。

"就是这样。"雷普奇普说，"可以喝得光。现在，我

们肯定已经非常接近世界尽头了。"

大家沉默了片刻，然后，露西跪在甲板上，喝了桶里的水。

"我从来没有尝过这么美妙的东西。"她微微喘着气说，"可是——哦——它很有劲。现在我们不用吃任何东西了。"

船上的人一个接一个地喝了水。大家沉默了很长时间。他们都感觉自己状态太好、身体太强壮，简直无法忍受了。很快，他们注意到另一个后果。就像我前面说的，自从离开拉曼杜的岛屿以后，光线一直太强——太阳太大（虽然并不太热），海面太亮，空气也明晃晃的。现在，光线并没有减少——要说有什么区别，那就是反而增加了——但他们还能承受。他们可以不眨眼地直视太阳。他们看到的光比以往任何时候都多。甲板、船帆、他们的脸庞和身体，都变得越来越亮，每根绳子都在发光。第二天早晨，太阳升起来了，是原来的五六倍大。他们目不转睛地盯着太阳，清楚地看到了从里面飞出的那些鸟儿的羽毛。

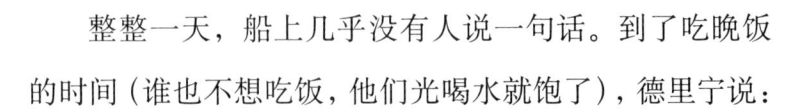

整整一天，船上几乎没有人说一句话。到了吃晚饭的时间（谁也不想吃饭，他们光喝水就饱了），德里宁说：

"我怎么也想不明白。天上没有一丝风。船帆都耷拉着。海面像池塘一样风平浪静。可是船走得飞快，就好像后面有大风推着。"

"我也一直在琢磨这件事。"凯斯宾说，"我们一定是遇到了强大的水流。"

"嗯。"埃德蒙说，"如果世界真的有边缘，而我们正在接近它，那可不太妙啊。"

"你的意思是，"凯斯宾说，"我们可能会——哗啦一下，从边缘倾倒下去？"

"是啊，是啊。"雷普奇普拍着两只爪子叫道，"我一直就有这样的想象——世界像一个大圆桌，所有海洋的水都从桌子边缘源源不断地倾泻下去。我们的船会倾斜——会倒立——我们会暂时看到那个边缘——然后，坠落，坠落，那个冲力，那个速度——"

"你认为海底会有什么在等待我们呢，嗯？"德里宁说。

"也许是阿斯兰的国土。"老鼠说着，一双眼睛炯炯

发光，"也许根本就没有海底。也许船会永远、永远地沉下去。但不管是什么，只要能看一眼世界边缘之外的地方，就怎么也值得了。"

"可是——听我说，"尤斯塔斯说，"这全是胡扯。世界是圆的——我是说，像球一样圆，不像一张桌子。"

"我们的世界是圆的。"埃德蒙说，"但这个世界呢？"

"你们的意思是，"凯斯宾问，"你们三个来自一个圆的世界（像球一样圆），却从来没告诉过我！你们真是太不够意思了。因为在我们的童话故事里，有一些圆的世界，我一直很喜欢它们。我从来不相信它们真的存在。但我一直希望是真的，并且一直渴望生活在那样一个世界上。哦，我愿意付出一切——我不明白，为什么你们能进入我们的世界，我们却不能进入你们的世界呢？如果我能有那样的机会就好了！住在像球一样的世界上肯定很刺激吧。你们有没有去过一些地方，人们是倒立着走路的？"

埃德蒙摇了摇头。"不是那样的。"他说，"当你身在其中的时候，圆的世界并没有什么特别刺激的地方。"

第16章 世界尽头

　　船上除了德里宁和佩文西兄妹，只有雷普奇普注意到了海底居民。刚才他一看到海王挥舞长矛，就立刻跳进水里，认为这是一种威胁或挑战，想当场就把这件事情给解决了。后来发现海水竟然不咸，他一时兴奋，分散了注意力。后来，他还没有再次想起海底居民的事，露西和德里宁就把他叫到一边，警告他不要把看到的事情说出去。

　　其实，他们根本用不着担心，此刻"黎明踏浪"号正平稳地航行在一片似乎无人居住的海面上。除了露西，其他人再也没有看到海底居民，而她也只是短暂地瞥了一眼。第二天的整个上午，船都在浅水里航行，海底杂

草丛生。快到中午的时候，露西看见一大群鱼在吃杂草。它们一直吃个不停，都朝同一个方向移动。"真像一群羊啊。"露西想。突然，她在鱼群中看见了一个和她年龄相仿的海底女孩——一个看上去安静而孤独的姑娘，手里拿着一根像是牧羊杖的东西。露西相信那个女孩一定是个牧羊女——也许是牧鱼女吧，那群鱼其实是在牧场上吃草。鱼和女孩都离水面很近。女孩在浅水里轻盈地滑行，露西倚靠在舷墙上，突然，两人正面相对了，女孩抬起头，直盯着露西的脸。两人谁也不能跟对方说话，不一会儿，海底女孩就落在了后面。但是露西永远不会忘记她的脸。那张脸不像其他海底居民那样害怕或生气。露西喜欢那个女孩，而且相信女孩也喜欢她。就在那一刻，她们仿佛已经成了朋友。无论在那个世界，还是在别的任何世界，她们似乎都没有多少机会再见面。但如果真有那样的机会，她们一定会张开双手冲向对方。

在之后的许多天里，"黎明踏浪"号平稳地向东航行，经过一片平静无波的海面，护桅索上没有风，船头也没有泛起泡沫。每一天、每一小时，光线都变得更加明亮，但他们仍然能承受。没有人吃饭或睡觉，谁也不需要，但他们从海里拎起一桶桶令人炫目的水，这些水比酒还浓，却又比普通的水更湿润、更清澈，他们大口地喝着，默默地互祝健康。有一两个水手，航程开始时就已经年迈，现在却一天比一天年轻。船上的每个人都满心的喜悦和兴奋，但这份兴奋并没有让人开口说话。越往前航行，他们的谈话越少，几乎都只是窃窃私语。他们被尽头海的寂静控制住了。

"大人，"有一天凯斯宾对德里宁说，"你看到前面有什么？"

"陛下，"德里宁说，"我看见一片白茫茫。从北到南，沿着地平线，直到我目力所及的地方。"

"那也是我看到的，"凯斯宾说，"我想象不出那是什么。"

"如果我们是在纬度较高的地方，陛下，"德里宁说，"我会说那是冰，但不可能，这里不是。尽管如此，我们最好还是派人去划桨，让船逆着水流后退。不管那是什么东西，我们都不想以这样的速度撞上去！"

"黎明踏浪"号

他们照德里宁的话做了，船的速度越来越慢。他们靠近那片白色时，它的神秘程度丝毫没有减少。如果那是陆地，一定是一片非常奇怪的陆地，看起来跟海面一样平坦，而且处于同一水平面上。离得很近时，德里宁大力转舵，把"黎明踏浪"号的船头朝南，让船身对着水流，沿着那片白色的边缘，往南划了一段距离。这样做的时候，他们无意中有了一个重要的发现，那股水流只有约四十英尺宽，其余的海面像池塘一样平静。这对船员们来说是个好消息，他们已经开始认为，在返回拉曼杜的岛屿时，一路都要逆流划桨，会是一桩很倒霉的差事。（这也解释了为什么那个牧羊女很快就落在了后面。她不在水流里。不然的话，她就会以跟船一样的速度向东移动了。）

还是没有人能弄清那白色的东西是什么。于是，人们放下小船，想过去看个究竟。留在"黎明踏浪"号上的人们看见小船直接驶入了那片白色之中。然后，他们听到小船上那伙人（声音从平静的水面上清晰地传来），正用一种尖厉而惊讶的语气说话。停顿了一会儿后，赖尼夫在船头测水深。在那以后，小船划回来的时候，里面似乎有许多白色的东西。每个人都挤到船的一边去听消息。

"是百合花，陛下！"赖尼夫站在船头喊道。

"你说什么？"凯斯宾问。

"陛下，是盛开的百合花。"赖尼夫说，"就像家里游泳池或花园里的一样。"

"看！"露西在小船的船尾说道。她举起湿漉漉的手臂，怀里是满满的白色花瓣和宽阔扁平的叶子。

"水有多深，赖尼夫？"德里宁问。

"真是怪事，船长。"赖尼夫说，"水仍然很深。整整三英寻半。"

"它们不可能是真正的百合花——不是我们所说的百合花。"尤斯塔斯说。

也许不是，但看着很像。经过一番商量，"黎明踏浪"号转入顺流，开始轻快地向东穿越"百合花湖"或"银海"（他们试了试这两个名字，后来定了银海，现在凯斯宾的地图上就标着这个名字），这时，他们旅行中最奇怪的一段航程开始了。很快，他们刚刚离开的那片开阔海域，就只剩下了西边地平线上一道朦胧的蓝色。放眼望去，四面八方都是白色，闪着淡淡的金光，只是在船尾可见船驶过时把百合花分开，留下一条开阔的水路，像墨绿色玻璃一样闪闪发亮。看上去，这最后的一片海很像北极。要不是他们的眼睛已经变得像鹰眼一样强健，照在那一片白色上的阳光——尤其是清晨太阳最大的时候——肯定会使他们无法忍受。每天傍晚，那片白色也会使日光持续的时间更长。百合花似乎没有尽头。一天又一天，那些延绵数公里、数海里的花丛中飘出一股气味，露西觉得它很难形容。香甜——是的，但一点也不让人犯困，也令人无法抗拒，而是一种清新、野性、孤独的气味，它似乎沁入你的大脑，让你觉得自己可以跑步登上山顶，或者跟一头大象摔跤。她和凯斯宾互相说道："我觉得我再也受不了更多了，但又不希望它停止。"

他们经常测量水深，直到几天之后，水才变浅了。从那以后，水就越来越浅。后来有一天，他们必须靠划桨离开水流，以蜗牛般的速度摸索前进。很快，大家就看清了,"黎明踏浪"号无法再往东航行。事实上,多亏了他们巧妙的操作,才使船避免了搁浅。

"放下小船,"凯斯宾叫道,"把水手们叫到船尾去。我必须跟他们谈话。"

"他想干什么呀?"尤斯塔斯小声对埃德蒙说,"他眼睛里有一种奇怪的神情。"

"可能我们大家都是这样。"埃德蒙说。

他们到船尾去找凯斯宾,很快,所有的人都聚集在舷梯下,听国王讲话。"朋友们,"凯斯宾说,"现在已经完成了你们出发时的任务。七位爵爷都有了下落,既然雷普奇普爵士发誓再也不回来了,等你们到了拉曼杜的领地,肯定会发现雷维廉、阿尔戈兹和马弗拉蒙三位爵爷都已经醒了。德里宁大人,我把这条船托付给你,命令你以最快的速度驶向纳尼亚,最重要的是不要在死水岛登陆。然后通知我的摄政大臣——矮人特鲁普金,把我许诺的报酬全数付给他们,我船上的伙伴。那是他们应得的奖赏。如果我不再回来,我希望摄政大臣、康奈留斯勋爵、獾王特鲁佛汉特和德里宁勋爵协商,选出一

位纳尼亚国王——"

"可是，陛下，"德里宁插嘴问道，"你要退位吗？"

"我要和雷普奇普一起去看世界尽头。"凯斯宾说。

水手们沮丧地喃喃低语。

"我们坐小船去。"凯斯宾说，"这一带风平浪静，你们用不着它，你们必须在拉曼杜的岛屿上再造一条新的小船。现在——"

"凯斯宾，"埃德蒙突然严厉地说，"你不能这么做。"

"确实如此，"雷普奇普说，"陛下不能。"

"绝对不能。"德里宁说。

"不能？"凯斯宾厉声说，一时间跟他的叔叔米拉兹颇有几分相似。

"请陛下原谅，"赖尼夫在下面的甲板上说，"如果我们中间有人这么做，就叫擅离职守。"

"赖尼夫，你这么多年为我服务，未免自信过头了。"凯斯宾说。

"不，陛下！他说得完全正确。"德里宁说。

"看在阿斯兰鬃毛的分上，"凯斯宾说，"我原以为，你们都是我的臣民，不是我的老师。"

"我不是你的臣民，"埃德蒙说，"我也认为你不能这么做。"

"又是不能。"凯斯宾说，"你这是什么意思？"

"请陛下原谅，我们的意思是，你不该这么做。"雷普奇普深深地鞠了一躬，说道，"你是纳尼亚的国王。如果你不回去，就背叛了所有的臣民，特别是特鲁普金。你不会像隐士一样，在冒险中得到快乐。如果陛下不听劝告，那么船上每个人都会跟我一起，解除你的武器，把你五花大绑，直到你恢复理智，这才是他们最真正的忠诚。"

"说得对。"埃德蒙说，"尤利西斯想要靠近塞壬[①]时，他们就是这样对付他的。"

凯斯宾伸手去抓剑柄，这时，露西说道："你几乎是答应了拉曼杜的女儿要回去的。"

凯斯宾顿了顿。"嗯，是的。确实如此。"他说。他

[①] 塞壬，希腊神话中人首鸟身的怪物，经常徘徊在海中礁石或船舶之间，又被称为海妖。

站在那里犹豫了片刻,然后对全船的人大喊:

"好吧,就听你们的吧。搜寻结束了。我们全体返航。把小船捞上来。"

"陛下,"雷普奇普说,"并不是大家都回去。我,就像以前解释过的那样——"

"安静!"凯斯宾用打雷般的声音说,"我被教训了,但我不会上当。没有人能让那只老鼠闭嘴吗?"

"陛下答应过,"雷普奇普说,"要做纳尼亚会说话的动物的好主人。"

"会说话的动物,是的。"凯斯宾说,"我说的可不是那些没完没了唠叨的动物。"他气冲冲地奔下舷梯,走进舱房,砰的一声关上门。

过了片刻,其他人回到他身边时,发现他变了。他脸色苍白,眼睛里噙着泪水。

"这样不好,"他说,"我本来可以表现得体面一些,克制自己的脾气和张扬。阿斯兰跟我谈过。不——我不是说他真的来过这里。首先,船舱里根本装不下他。但墙上的那个金狮头活了过来,对我说话。太可怕了——

他的眼神。倒不是说他对我很粗暴——只是一开始有点严厉。但眼神还是很可怕。然后他说——他说——哦，我受不了。那是他能说出的最揪心的话。你们继续往前走——雷普、埃德蒙、露西和尤斯塔斯，我要回去了。独自一个人。马上就回去。一切还有什么意义呢？"

"凯斯宾，亲爱的。"露西说，"你知道，我们迟早要返回自己的世界的。"

"是啊，"凯斯宾抽泣着说，"可是也太快了。"

"等你回到拉曼杜的岛屿，心情就会好起来。"露西说。

后来，他情绪好了一点儿。不过，对双方来说，这都是一次痛苦的离别，我就不细说了。下午两点钟的时候，小船上装满了食物和淡水（虽然他们不认为自己需要吃的和喝的），雷普奇普的小筏子也放了上去，小船离开了"黎明踏浪"号，在无边无际的百合花丛中划桨穿行。"黎明踏浪"号升起所有的旗帜，挂出了盾牌，以纪念他们的离开。他们在百合花的簇拥下，从下面的位置望过来，"黎明踏浪"号显得那么高大气派，那么亲切。

"黎明踏浪"号

在它从视野中消失之前,他们看见它掉转船身,慢慢地往西滑行。不过,露西虽然掉了几滴眼泪,但并不像你想象的那么难过。亮光、寂静、银海那撩人的气味,甚至(说来奇怪)那孤独本身,都太令人兴奋了。

不需要划桨,因为水流使小船稳稳地往东漂去。他们谁也没有睡觉或吃饭。那一整夜,以及第二天一整天,小船都轻快地一路往东,第三天拂晓时分——天光是那样耀眼,你我即使戴上墨镜也无法忍受——他们看到前面有一处奇观。仿佛有一堵墙,挡在他们和天空之间,

一堵青灰色的、颤抖的、亮光闪闪的墙。太阳出来了，当它第一次升起来时，他们透过墙看到了它，它变成了奇妙的彩虹色。这时，他们才明白，这堵墙其实是一道又长又高的海浪——永远固定在一个地方的波浪，就像你经常在瀑布边缘看到的那样。它看上去高约三十英尺，水流正迅速地把小船向它推去。你可能以为他们想到了自己的危险。然而没有。我想任何人在他们的位置上都不会想到这一层。因为他们此刻看到了一样东西，不仅在海浪后面，而且在太阳后面。如果不是尽头海的海水使他们的眼力变得强健，他们甚至连太阳都看不见。但现在，他们能看着太阳冉冉升起，看得清清楚楚，还能看到太阳后面的东西。他们看到——在东方，在太阳的后面——有一片山脉。它真高啊，他们要么从没见过它的山顶，要么就是忘记了。他们都不记得在那个方向看见天空。这片山脉一定是在世界的外面。因为任何一座山，哪怕高度只有它的二十分之一，上面也应该有冰有雪。但这片山脉温暖、郁郁葱葱，不管你看得多高，山上到处都是森林和瀑布。突然，从东边吹来一缕微风，把海浪顶部吹出了泡沫，把周围平静的水面都吹皱了。风只持续了一秒钟左右，但这一秒钟带来的感受，三个孩子永远都不会忘记。它带来了一种气味和一种声音，那声音无比悦耳，埃德蒙和尤斯塔斯后来始终不愿谈起。露西只说："这能让你心碎。""为什么，"我说，"这么忧伤吗？""忧伤！！不。"露西说。

小船上的人都相信，眼前看到的就是世界尽头之外的阿斯兰的国土。

就在这时，嘎吱一声，小船搁浅了。现在水太浅了。"这里，"雷普奇普说，"就是我一个人上路的地方。"

他们甚至没有试图阻拦他，因为感觉一切都是命运的安排，或者以前曾经发生过。他们帮他把小筏子放进水里。然后，他摘下宝剑（"我不再需要它了。"他说）远远地扔向百合花海。剑落下去时笔直地立着，剑柄露出水面。他向他们告别，为了他们，装出一副难过的样子，其实却幸福得浑身颤抖。露西第一次也是最后一次，做了自己一直想做的事，把他搂在怀里，紧紧地拥抱。然后他匆匆上了小筏子，开始划桨。小筏子被水流带着远去，在百合花的映衬下显得那么黑。但是海浪上没有百合花，而是一道光滑的绿色斜坡。小筏子越划越快，一下子冲到了浪尖上，真是漂亮极了。那一瞬间，他们看清了它的形状，看清了最顶上的雷普奇普的身影。然后它就消失了。从那以后，没有人声称看见过老鼠雷普奇普。但我相信，他顺利地来到了阿斯兰的国土，直到今天依然健在。

太阳升起来后，世界之外的那些山脉渐渐消失了。波浪还在，但它的后面只有蓝天。

孩子们下了小船，涉水而行——不是朝着波浪，而是朝着南边，那堵水墙在他们的左侧。他们无法告诉你为什么这样做；这是他们的命运。虽然他们感觉在"黎明踏浪"号上长大了不少——也确实如此，现在却感觉恰恰相反，他们手拉着手，在百合花丛中涉水而行。他们丝毫不觉得累。水热乎乎的，而且越来越浅。最后，他们来到干燥的沙滩上，接着又来到草地上——一大片辽阔的平原，覆盖着细密的短草，几乎和银海在一个水平面上，四下望去，一眼望不到头，连一个鼹鼠丘也没有。

当然，在没有树木的大平原上总会有这种感觉：天空似乎降落下来，与他们面前的草地相遇。但是，他们继续往前走，却得到了一个最奇异的印象：天空终于真的落了下来，与大地连在一起——一堵蓝色的墙，非常明亮，却是那么真实而坚固，更像玻璃而不是其他东西。很快，他们就深信不疑。现在已经很近了。

然而，在他们和天尽头之间的绿草地上有一样东西，白得那样耀眼，他们即使有了鹰的眼睛，也几乎无法直视。他们继续往前走，发现那是一只小羊羔。

"来吃早饭吧。"小羊羔奶声奶气地说。

这时，他们才第一次注意到，草地上生了一堆火，火上烤着鱼。他们坐下来吃鱼，这么多天来，他们第一次感到了饿。他们从没有吃过这么美味的食物。

"请问，小羊羔，"露西说，"从这里能去阿斯兰的国土吗？"

"不适合你们。"小羊羔说，"对你们来说，通向阿斯兰国土的门就在你们自己的世界里。"

"什么！"埃德蒙说，"从我们的世界也可以进入阿斯兰的国土吗？"

"所有的世界都有一条路，可以进入我的国土。"小羊羔说。他话音未落，雪白的身体一下子变成了金褐色，个头也变大了，原来，他就是阿斯兰，在他们身边，他显得那么高大，鬃毛散发着亮光。

"啊，阿斯兰。"露西说，"你能不能告诉我们，怎样从我们的世界进入你的国土呢？"

"我一直都会告诉你的。"阿斯兰说，"但我不会告诉你这条路有多长或多短，只会说需要跨越一条河。但是不要害怕，因为我是了不起的桥梁大师。好了，来吧，我要打开天空的门，送你们返回家乡。"

"求求你，阿斯兰。"露西说，"在我们离开前，你能告诉我们，我们什么时候还能回到纳尼亚吗？求求你了。哦，一定，一定，一定要快一点。"

"亲爱的，"阿斯兰非常温和地说，"你和你哥哥永远不会再回到纳尼亚了。"

"哦，阿斯兰！！"埃德蒙和露西用绝望的声音同时说道。

"你们年龄太大了，孩子们，"阿斯兰说，"你们现在必须去接近自己的世界了。"

"重要的不是纳尼亚，你知道。"露西抽泣着说，"而是你。我们在那儿不会见到你。如果永远见不到你，我们还怎么活呢？"

"但是你们会见到我的，亲爱的孩子。"阿斯兰说。

"难——难道你也在那儿吗，先生？"埃德蒙问。

"是的。"阿斯兰说，"但在那里，我有另一个名字。你们必须记住我的那个名字。这就是你们被带到纳尼亚来的原因，通过了解一点这里的我，你们会更加了解那里的我。"

"尤斯塔斯也不能回到这里了吗？"露西问。

"孩子，"阿斯兰说，"你真的需要知道这个吗？来吧，我要把天空的门打开了。"刹那间，蓝色的墙上出现一道裂缝（就像窗帘被拉开），一道可怕的白光从天空之外射出，他们感觉阿斯兰的鬃毛拂过，感觉狮子在亲吻他们的额头，然后——便回到了剑桥艾伯塔舅妈家的小卧室。

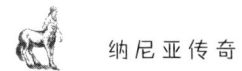

还有两件事需要说明。第一，凯斯宾和他的手下都安全返回了拉曼杜的岛屿。三位爵爷从沉睡中醒来。凯斯宾娶了拉曼杜的女儿为妻，他们最后都来到了纳尼亚，她成了一位了不起的王后，是几位伟大国王的母亲和祖母。第二，回到我们的世界之后，大家很快就开始说，尤斯塔斯进步真大啊，简直"跟以前判若两人"。只有艾伯塔舅妈不这么看，她说尤斯塔斯变得非常平庸和无聊，肯定是受佩文西家那几个孩子的影响。

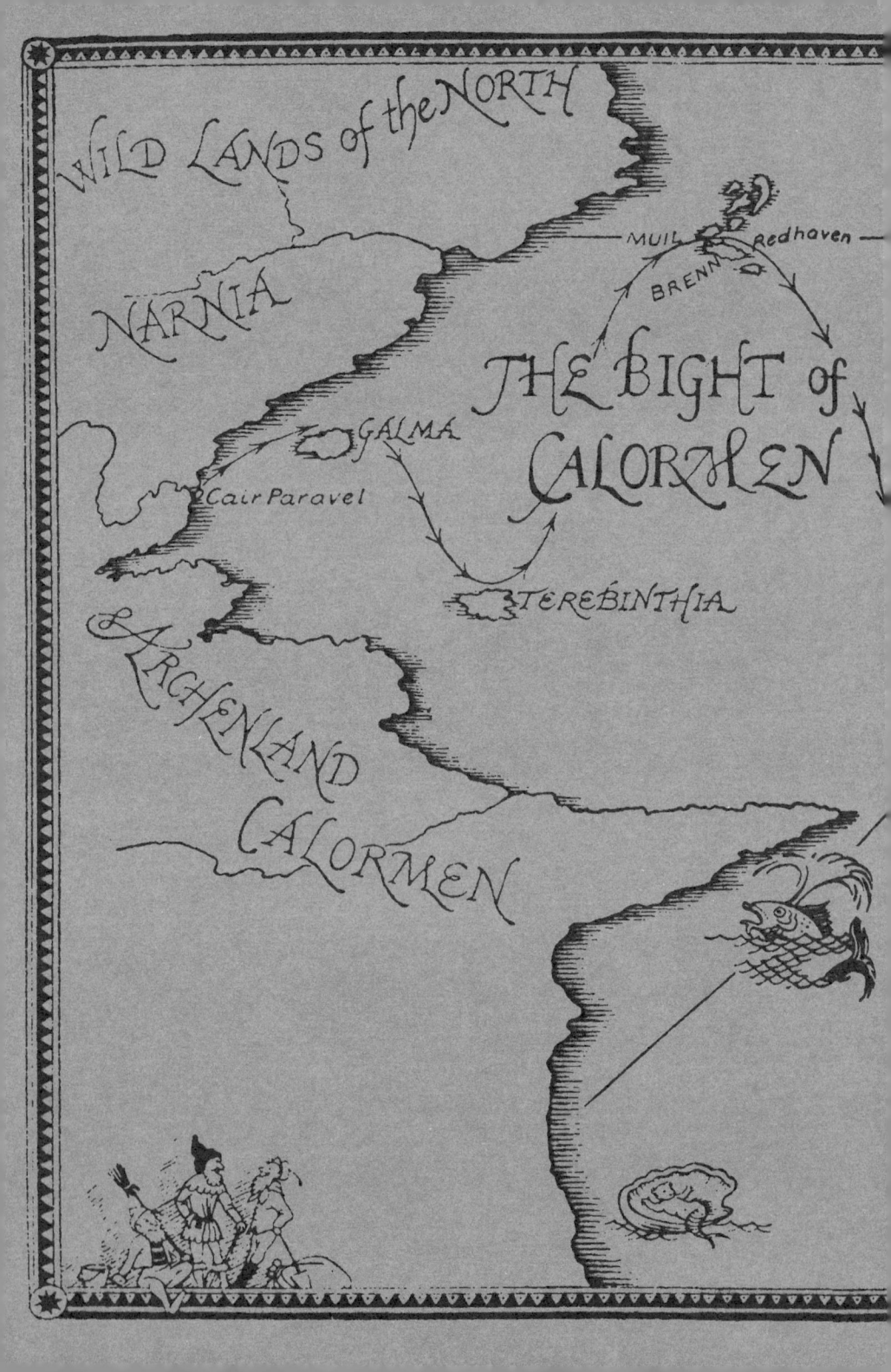

WILD LANDS of the NORTH

NARNIA

Cair Paravel

GALMA

MUIL — Redhaven
BRENN

THE BIGHT of CALORMEN

TEREBINTHIA

ARCHENLAND

CALORMEN